절대검해

15

絶對劍解

한성수 신무협 장편소설

ORIENTAL FANTASY STORY & ADVENTURE

dream books
드림북스

절대검해 15(완결) 천지(天地)에 고하다!

초판 1쇄 인쇄 / 2014년 6월 30일
초판 1쇄 발행 / 2014년 7월 7일

지은이 / 한성수

발행인 / 오영배
책임편집 / 편집부
펴낸 곳 / (주)삼양출판사 · 드림북스

주소 / 서울특별시 강북구 솔샘로67길 92
대표 전화 / 02-980-2112 팩스 / 02-983-0660
편집부 전화 / 02-980-2116 팩스 / 02-983-8201
블로그 / blog.naver.com/dreambookss

등록번호 / 제9-00046호
등록일자 / 1999년 3월 11일

ⓒ 한성수, 2014

값 8,000원

ISBN 978-89-542-5406-9 (04810) / ISBN 978-89-542-4130-4 (세트)

* 지은이와 협의하에 인지는 생략합니다.
* 잘못된 책은 구입한 곳에서 바꾸어 드립니다.

이 도서의 국립중앙도서관 출판시도서목록(CIP)은 서지정보유통지원시스템홈페이지
(http://seoji.nl.go.kr)와 국가자료공동목록시스템(http://www.nl.go.kr/kolisnet)에서
이용하실 수 있습니다. (CIP제어번호: 2014019399)

한성수 신무협 장편소설
ORIENTAL FANTASY STORY & ADVENTURE
15
천지(天地)에 고하다!
절대검해
dream
books
드림북스

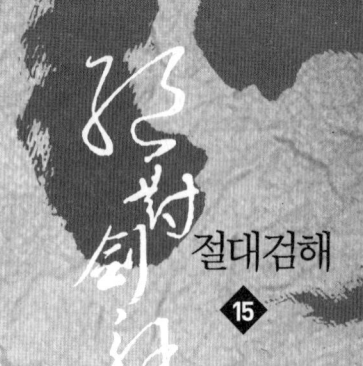

절대검해
⑮

목차

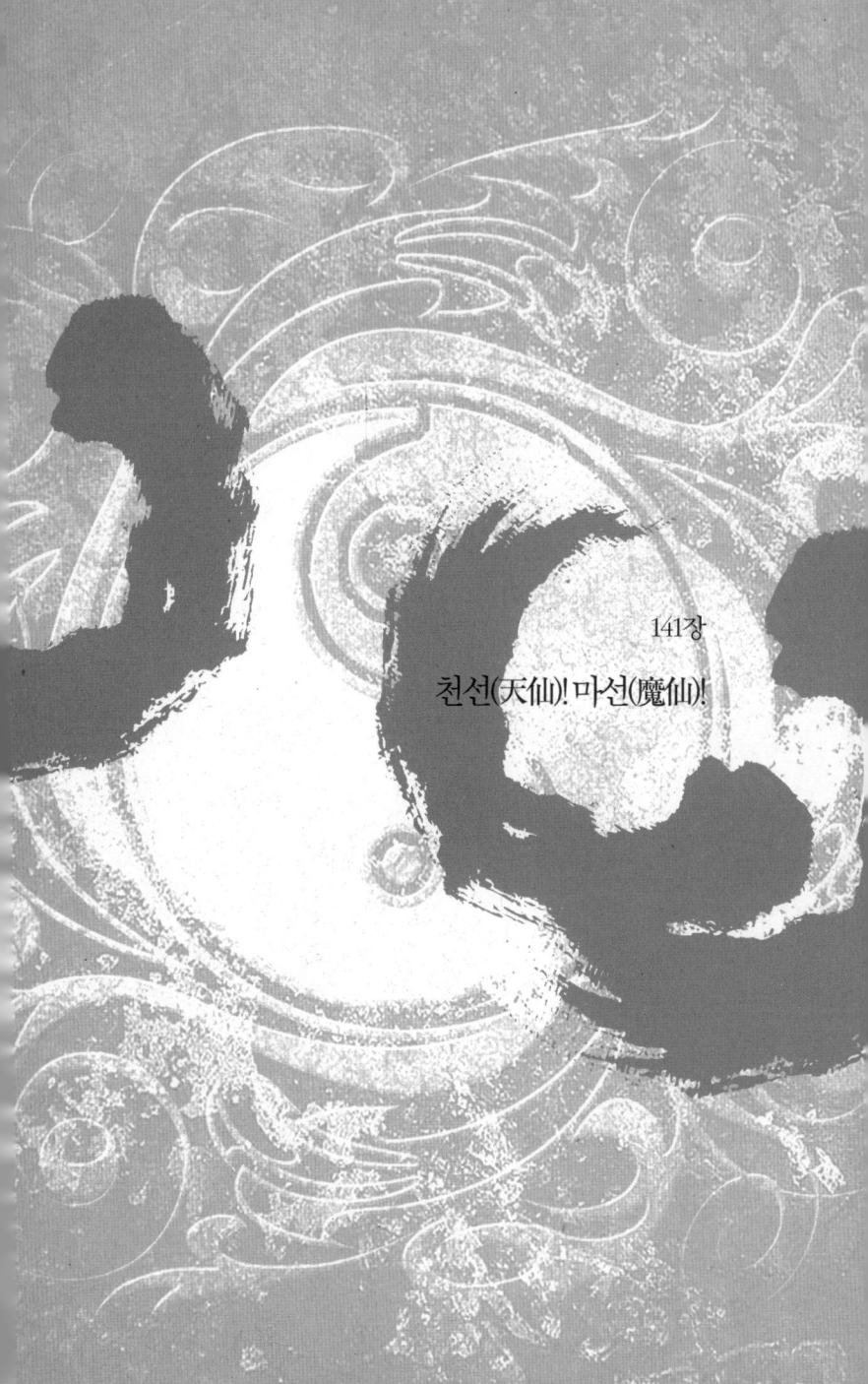

141장

천선(天仙)! 마선(魔仙)!

　신마성궁.

　평상시처럼 마뇌서고에서 천마대조와 관련된 자료의 산
에 파묻혀 있던 진리가 크게 기지개를 켰다.

　작은 몸 전체로 스쳐 가는 찌르르한 기운!

　가느다란 목이 뻣뻣하고, 눈도 침침한 것 같다. 오늘까지
거진 사흘이 넘도록 한자리에 앉아 철야를 했으니, 어쩌면
당연한 일일 터였다.

　그래도 진리는 쉴 생각이 없었다.

　몇 차례 몸을 흔들어서 전신의 근육을 풀어준 그녀가 다
시 시선을 고대 갑골문으로 된 죽편 쪽으로 던졌다. 드디어
천마대조의 그릇이 된 구양령을 구해낼 단초가 될지도 모

를 자료를 찾아냈다. 다른데 신경 쓸 여유 따윈 존재하지 않았다. 소진엽과 한 약속을 반드시 지켜야만 했기 때문이다.

그러다 진리가 갑자기 작은 몸을 떨어 보였다.

목덜미로 느껴져 오는 기묘한 닭살!

케케묵은 먼지와 오래된 고서적 특유의 냄새만이 머물러 있던 마뇌서고의 공기가 살짝 바뀐 걸 느낄 수 있었다. 태상마군 소리산을 따르며 무공 역시 비약적으로 발전한 그녀의 본능과 감각이 그 같은 사실을 전해오고 있었다.

'그런데 아무리 기감을 확장시켜도 전혀 이상한 점이 없는데……'

착각?

그럴 리 없다.

어느새 날카롭게 벼려진 칼날같이 변한 무인의 감각이 확정적으로 소리쳤다. 착각일 가능성 따윈 아예 생각조차 하지 말라고 했다.

그래서 진리는 결론을 내렸다.

"태상마군님, 뵙지 못한 사이에 괴상한 버릇이 생기신 것 같네요?"

"허허, 어떻게 내가 온 것을 알았을까?"

"몰랐어요."

"넘겨짚은 것이다?"

"뭐, 그런 거죠. 마뇌서고에 들어와서 저같이 작은 계집아이를 놀리며 즐거워할 만한 사람은 세상에 그리 많지 않으니까요."

"그건 좀 심한 말이로군."

"정당한 평가죠."

진리가 새침한 대답과 함께 시선을 목소리가 들려온 출입문과 반대 방향에 위치한 서가 쪽으로 던졌다. 소리산이 육합전성이나 천리회성 따위의 잔재주를 쓰진 않았으리란 판단이었다.

그러자 과연 서가의 짙은 그림자 속에서 소리산이 천천히 걸어 나왔다. 언제 그런 곳까지 갔는지 짐작조차 못 하겠다.

그래도 진리의 표정은 태연했다. 그리 대수로울 게 없다는 듯 그를 맞이했다.

"근래 바쁘신 줄 알았는데 제 착각이었나 보네요?"

"바빴지."

"이젠 아니란 거로군요?"

"대충 급한 불은 껐거든."

"와아!"

묘하게도 가식적인 환호성을 지른 진리가 갑자기 여태까지 검토하고 있던 몇 가지 죽편을 들고 그에게 달려갔다. 눈이 초롱초롱 빛나고 있다.

"이것 좀 해석해 주세요!"

"갑골문 정도도 아직 떼지 못했었던가?"

"갑골문이 아니라 설형문자(楔形文字 : BC 3000년경부터 약 3,000년간 메소포타미아를 중심으로 고대 오리엔트에서 광범하게 사용된 문자) 같은데요?"

"그렇다면 소성녀에게도 무리겠구만."

그제야 소리산이 관심을 보이고, 죽편을 받아 들었다. 마뇌서고 내에서도 설형문자로 된 자료는 매우 희귀했다.

그러나 곧 그의 입가에 고소가 스쳐 갔다.

"소성녀, 이건 설형문자가 아니라네."

"정말요?"

"그래, 설형문자처럼 쐐기 모양으로 되어 있긴 하나 안의 내용은 전혀 달라. 사실 문자라기보다는 일종의 주문이라 봐야 타당하겠구만."

"주문이요?"

"그래."

천천히 고개를 끄덕인 소리산이 슬며시 화제를 바꿨다.

"소성녀는 생각했던 것보다 소교주에게 깊은 마음을 주고 있는 건 아닌가 보군."

"그건 무슨 뜻이죠?"

"고독검마후를 천마대조로부터 구하는 일에 전력을 다하고 있는 것을 보고 의아한 생각이 들어 하는 말일세."

"고독검마후를 구하면 소 대가가 제게 마음을 열지 않을 거라고 말씀하시는 거로군요?"

"그렇지 않다고 생각하는가?"

"뭐, 그럴 수도 있겠죠. 그래도 저는 고독검마후를 구할 거예요. 그렇게 소 대가에게 약속했으니까요."

"약속이니 지켜야만 한다?"

"물론이에요. 그리고……."

잠시 말끝을 흐린 진리의 눈에는 굳건한 믿음이 담겨 있었다.

"……소 대가는 절대로 절 배반할 분이 아니에요! 저 역시 그분을 배신하지 않을 거고요!"

"그렇구만?"

"예?"

의아한 기색을 던지는 진리의 어깨를 한차례 두드려 준 소리산이 갑자기 그녀의 곁을 떠나갔다. 나타날 때와 다름 없이 홀연히 마뇌서고를 빠져나간 것이다.

'뭐야아?'

진리가 살짝 두 볼을 부풀어 보였다. 부탁한 해석은 도와 주지 않고 쓸데없는 질문만 던지고 떠난 소리산에 대한 불 만이 이만저만이 아니었다.

잠시뿐이었다.

본래의 자리로 돌아온 진리의 눈이 반짝 빛을 발했다. 지난 수일간 그녀를 괴롭혔던 자료에 대한 자세한 해석본을 발견했기 때문이었다.

마뇌서고를 빠져나온 소리산은 산책이라도 하는 듯 신마성궁 주변을 걸었다.

거대한 마도의 성지!

천마총을 부수고 교주 신마대제 담대광이 떠난 후 꽤 여러 일이 있었으나 여전히 신마성궁의 위세는 하늘을 찌를 듯했다. 무수히 많은 대마인들과 마류들이 가득해 최전성기인 마천대전 때와 비교해도 결코 부족하지 않았다.

— **마도천하!**

분명 꿈만은 아니었다.

손만 뻗으면 붙잡을 수 있을 것 같았다. 그렇게 생각하고 지금까지 달려왔다.

'한데 갑자기 시간 따위에게 발목을 붙잡힐 줄이야…….'

애석하다.

뒷맛이 씁쓸했다. 꽤나 여러 차례 솜씨 좋게 따돌렸던 운명이란 녀석에게 갑자기 뒤통수를 얻어맞은 것만 같았다.

그 같은 생각과 함께 걸음을 옮기던 소리산의 눈에 문득 이채가 어렸다.

어느 때보다 강한 기운!

천하의 어떤 고수라 해도 현재의 소리산과 맞닥뜨린다면 감히 맞상대할 생각조차 하지 못할 터였다. 그만큼 압도적인 기세가 일순 그의 전신에서 흘러넘쳤다.

그러나 곧 소리산의 눈에 담겼던 이채가 사라졌다.

산천초목을 떨게 하던 기세 역시 마찬가지다.

본래대로의 평온함을 회복했다.

마치 잠시 드러냈던 무위(武威)의 기세가 환상이나 착각이었던 것 같은 극적인 변화였다.

"허허, 어쩐지 간밤에 묘한 꿈을 꿨다 했더라니……."

"흉몽(凶夢)이었던 게지?"

"……흉몽?"

"길몽인지도 모르겠군. 잘만 하면 선골(仙骨)도 타고나지 않은 주제에 인간도(人間道)를 벗어날 수 있는 몸이 될 수도 있으니 말야."

"내게 그런 말을 할 자격이 있는지 모르겠구료? 태극무검선제란 이름이 아까운 망나니 주제에 말이오!"

"푸헐!"

망나니라 지칭된 태극무검선제가 입에 곰방대를 문 채 너털웃음을 터뜨렸다. 솜씨 좋게 만들고 있던 기기묘묘한 담배 연기의 모양새가 살짝 흐트러진다.

하지만 그것도 잠시뿐.

곧 한차례 더 담배 연기를 들이키고 곰방대를 입에서 떼어낸 태극무검선제가 히죽 웃어 보였다.

"소리산, 꼭 그래야만 하겠나?"

"내가 뭘 했다고 그러시오?"

"시치미 떼는 버릇은 여전하구만? 그럼 내 꼭 짚어서 말해 주지! 당신이 하늘의 눈을 속이고 수명(壽命)을 연장해서 이루려 했던 마도천하는 삼십여 년 전에 이미 실패했어. 이미 시(時)와 운(運), 천도(天道)를 잃었으니 다시 어찌해볼 수가 없는 게야."

"허허, 소꼬리 삼 년을 묵혀도 황모가 되지 않는다더니, 옛말도 반드시 옳은 것만은 아니로구려. 천하의 태극무검선제가 주먹질 대신에 속셈이 뻔한 말이나 지껄이고 있으니 말이오."

"당신 정도는 아니지만 나도 늙었으니 하는 말이야. 사실 우리가 맺은 악연의 역사가 좀 되잖아."

"그런 것 따윌 신경 쓸 분은 아니라 생각하오만?"

"뭐, 꼭 그런 것만은 아냐. 유성이 녀석을 당신이 훔쳐갔을 때는 열이 좀 받았으니까 말야."

"대신 잘 키웠잖소. 역대 어떤 교주와 비교해도 결코 못하지 않는 인걸로 말이오."

"그런데 갑자기 말을 듣지 않고.. 제멋대로 굴기 시작했지?"

"타고난 피가 어디 가지 않았던 것이지요. 하필 천하에서 가장 제멋대로인 사람의 피를 이어받은 사람을 교주로 옹립할 생각을 했으니 말이외다."

"그래서 다시 등선을 뒤로 미루고 수명을 연장했나? 마선(魔仙)이 되는 걸 포기하면서까지 말야?"

"태극무검선제 당신도 천선(天仙)이 되는 걸 줄곧 미루고 있지 않소이까? 덕분에 내 숙원을 몇 번이나 실패하게 만들었고 말이오."

"그노무 숙원 타령은 정말!"

태극무검선제가 짜증 난다는 표정을 지어 보이자 소리산이 태연하게 응대했다.

"숙원은 숙원인 것이외다. 현생에 이루지 못한다면 어찌 여한이 남지 않겠소이까?"

"됐고!"

다시 소리를 질러 소리산의 입을 틀어막은 태극무검선제가 퉁명스레 말했다.

"이대로 놔두면 현세에 결코 존재해선 안 될 혼돈지문이 열리고 말 거야. 아마 거기까지 예측하진 못했을 테지?"

"물론이오."

"아닌 것 같은데?"

"믿지 못하겠다면 그것 역시 어쩔 수 없는 일일 테지요."

"혼돈지문이 열려서 천하인 모두가 혈세를 당해도 상관 없다는 건가?"

"태극무검선제께서 아직 인간에 대한 연민을 잃지 않고 있는데, 그런 일이 벌어질 리 있겠소이까?"

"내가 직접 나설 수 없다는 건 알고 있을 텐데?"

"그래서 자신을 대신할 상대를 고르셨지 않소이까? 신마 무적성 소진엽이란 아이는 제법 가르칠만한 재목이지요."

"잘도 거기까지 알고 있었군."

"다행스럽게도 마천대전 때 뿌려둔 비선 조직이 아직까 지는 쓸 만합니다."

"그럼 굳이 길게 말할 필요는 없겠군. 내 단도직입적으 로 말하지."

"그러시지요."

"인간계에 대한 관여는 여기까지만 하도록 하지. 우리 둘 다."

"그래도 괜찮겠소이까?"

"물론."

언제 툴툴거렸냐는 듯 시원스레 대답한 태극무검선제가 갑자기 화제를 바꿨다.

"소진엽이란 녀석 말야. 꽤 특이한 체질을 타고났더군. 마도 출신답지 않게 기경마맥이 완전히 막혀 있는 주제에 정파지공에 대한 습득은 놀라울 정도로 빨라. 마치 일부러 그렇게 몸이 조작된 것처럼 말야."

"……."

"뭐, 그래도 심성이 그리 나쁘진 않은 놈 같으니, 혼돈지문이 열리지 않게 내 모든 걸 물려줄 작정이야. 그 정도면 마선이 되는 걸 포기한 어떤 바보 같은 늙은이가 만족할 만한 결과일 테지?"

"……."

소리산은 계속 침묵을 지켰다.

태극무검선제의 기묘한 얘기를 그냥 듣고만 있었다.

그러거나 말거나 자신이 할 얘기를 다 마쳤다는 듯 태극무검선제가 엉덩이를 털고 일어섰다. 그리고 입에 다시 곰방대를 물고 홀연히 모습을 감췄다.

슥!

환상, 그 자체라 해도 과언이 아닐 정도로 순식간에 사라졌다. 마치 처음부터 존재조차 하지 않았던 것처럼 말이다.

"허허허……."

문득 소리산의 입가에 매달린 허탈한 미소.

소진엽!

신마무적성이라 불리는 마도의 떠오르는 별!

그와 소리산의 관계는 여태까지 천하의 어떤 사람도 모르고 있었다. 그럴 만한 여지를 지난 수십 년간 소리산이 남겨놓지 않았었기 때문이다.

자신의 단 하나밖에 없던 유일한 후손.

거진 백여 년 전 완전히 절손되었다고 알려진 소리산의 가문에 남은 유일한 핏줄이 목숨을 잃을 때조차 말이다.

'하지만 반선의 천안통(天眼通)까지 속일 순 없었다는 것이로구나! 이렇게 단숨에 들통이 나고 말았어…….'

세상을 속이고자 했다.

천명을 속이고자 했다.

그러기 위해 탈인간(脫人間)의 경지에 올라 등선할 수 있는 기회까지 포기했다. 자신의 가문과 혈육까지 외면한 채 천명의 축을 스스로 설계하려 했다. 그 결과물을 보기 위해서 역천지법을 연달아 사용해 수명을 늘려왔다.

뭐, 괜찮다.

어찌 됐든 태극무검선제에게 인정을 받았다.

여태까지와 달리 한발 물러서서 있겠다는 선언을 받아냈다.

그렇다면 되었다.

만족함을 알고 태극무검선제와 마찬가지로 뒤로 물러섬이 옳을 터였다. 향후의 결과가 어찌 될지는 이만 변덕스러운 천명이란 것에 맡기고 말이다.

"……그럼 이만 돌아가서 뒷정리나 시작해 볼까?"

쓸데없는 혼잣말이다.

이미 모든 걸 끝내 놓은 지 오래였다.

백 년이 훌쩍 넘는 기간 동안 줄곧 준비해 왔기에.

*   · *   *

멸천각.

밤이 점차 깊어가고 있을 무렵.

평상시처럼 옥좌에 늘씬한 다리를 꼰 채 앉아 있던 멸천마후 천기신혜의 눈에 이채가 어렸다.

항상 홀로 그녀가 거하고 있던 장소.

오직 수호 마호인 귀마 매종경만이 마음대로 드나들 수 있던 대전 쪽으로 꽤 많은 인원이 몰려들고 있었다.

족히 수백이 넘는 숫자!

딱히 그녀가 명령을 내리지 않았으니 유추할 수 있는 경우는 한 가지밖에 없다.

'이 시점에 반란이라……'

반 태상마군의 기치를 들고 급격히 끌어모은 구주팔황(九州八荒)의 마류들.

숫자만으로 보면 천마대제전을 준비했던 당시와 비교해 결코 뒤떨어지지 않는다. 그만큼 백여 년이 넘는 동안 태상마군 소리산 중심의 천마신교에 대한 반감은 극심했다. 그동안 물이 너무 오래 고여서 썩었다고 주장하고 있었다.

아니다.

그런 것이 아니다.

오히려 천기신혜에게 몰려든 마류들에게서 느껴지는 감정은 공포였다. 마천대전의 허망한 결착 이후 줄곧 은인자중해 왔던 소리산에게 반심을 품었던 자들이 그의 갑작스러운 파격적 행보에 완전히 겁을 집어먹은 것이다.

그래서 그들에겐 방패막이가 필요했다. 천마대제전 당시 의연하게 소리산에게 맞섰던 천기신혜의 치맛자락에 숨어서라도 목숨을 연명하고자 했다.

그리고 또 하나!

천기신혜가 그들에겐 만만했다.

소리산을 실각시킨 후 그녀를 앞에 내세운 후 자기들끼리 천마신교의 중요 요직을 마음껏 차지할 수 있으리라 여겼다. 충분히 그럴 자신감이 가득했다. 어차피 소리산이 사라진 후 천마신교는 과거처럼 마도십가 중심의 여러 세력으로 나뉘어서 각자도생에 들어갈 수밖에 없을 테니까 말이다.

천기신혜 역시 그 같은 사실은 익히 알고 있었다. 교주 담대광과 지존성화의 수호자인 성녀 진리의 후견인이라 할 수 있는 소리산에게조차 반역한 자들이다. 어찌 다른 사람에게 충성을 바치겠는가.

— 오월동주(吳越同舟)!

천기신혜와 그녀에게 모여든 마류들의 관계다. 서로 목적을 위해서 한동안 같은 배를 타고 있을 뿐이었다. 소리산이란 거목을 거꾸러뜨릴 동안까지만 한시적으로 말이다.

한데 어째서 느닷없이 반란이 일어난 것일까? 아니 그보다 하필이면 왜 지금 이런 일이 벌어진 것일까? 수호 마호와 친위대나 다름없던 십대마류의 세력이 고독검마후를 포획하러 떠난 이때에 어째서?

의혹은 계속 꼬리를 물고 이어지자 한 곳으로 수렴되었다. 모여들었다.

'……역시 태상마군에게 당한 것인가?'

명확한 결론이다.

현재로선 가장 논리적인 오류가 적은 결론이었다.

까닥!

잠깐 사이에 그 같이 현 상황을 정리한 천기신혜가 살짝 삐뚜름하니 기울이고 있던 고개를 바로 했다.

그러자 그와 거의 동시였다.

쾅!

요란한 굉음과 함께 대전을 굳게 막고 있던 커다란 철문이 박살나며 세 명의 마인들이 뛰어들어 왔다.

— **혈빙수라(血氷修羅)!**

— 혼천마야(混天魔夜)!

— 파풍마절(破風魔絶)!

천기신혜에게 의탁한 마류 중 십대마류를 제외하면 실질적인 최강자들이다. 마도십가에만 들지 못했을 뿐 마도삼십문파에는 반드시 포함될 거파의 거물들이라 할 수 있을 터였다.

살기등등한 그들을 천기신혜가 재밌다는 듯 바라봤다.

"고작 세 명이서 날 상대하러 온 건가요?"

"……."

"그렇군요. 세 분은 날 상대하러 온 게 아니라 잠시 시간을 벌어 주는 정도의 용도일 뿐인 거예요."

"……."

여전히 침묵하는 세 명의 마인을 향해 천기신혜가 갑자기 살짝 미소를 지어 보였다.

천상(天上)의 아름다움이 깃든 미소!

어떤 경국지색(傾國之色)이라 해도 감히 따르지 못할 것 같은 아름다움!

그러나 그 미소 속에 담긴 건 사악한 죽음이었다. 결코 인세에 존재해선 안 될 죽음으로 이르는 첩경이었다.

"크헉!"

"허억!"

"으왁!"

혈빙수라, 혼천마야, 파풍마절은 한순간 단말마에 가까운 비명을 터뜨렸다. 일시 천기신혜가 지어 보인 죽음의 미소에 기혈이 들끓어 오름을 느꼈기 때문이다.

그래도 백여 개가 넘는 마류 중 수위를 다투는 거마들답게 그들은 재빨리 방비 태세를 갖췄다. 각자 미리 준비하고 있던 최강의 무공을 펼쳐서 천기신혜의 미소에 저항했다. 즉사를 그렇게 참아 냈다.

그러거나 말거나 천기신혜는 개의치 않았다.

자신을 중심으로 어느새 품자를 이룬 세 거마들이 뭉클거리며 일으키고 있는 마기를 비웃듯 바라보고 있었다. 마치 딴생각에라도 빠진 것 같은 모습이다.

착각이었다.

슥!

세 거마가 뿜어내는 마기가 최절정에 이른 것과 동시였다.

문득 천기신혜의 입가에 다시 극미(極美)의 미소가 떠올랐고, 나름 만반의 태세를 갖췄다고 여겼던 세 거마의 눈이 돌아갔다. 검은 동공이 점처럼 좁아졌다가 흰자위만 남긴 채 사라져 버린 것이다.

"쿠웍!"

"우웩!"

"쿨럭!"

뒤이어 터져 나온 건 선지를 닮은 피 화살이다. 세 거마의 입에서 다량의 핏덩이가 터져 나왔다. 순식간에 몸속의 혈액 전부를 쏟아 냈다.

그리고 그게 시작이었다.

"우와아아아!"

"우아아아아아아아!"

세 거마가 쏟아 낸 피바다를 뚫고 수백 명이 넘는 마인들이 대전 안으로 쏟아져 들어왔다. 무림에서는 보기 드문 인해전술로 천기신혜를 압살하려 했다.

그러나 여전히 미동조차 없는 천기신혜.

까닥!

그저 고개만 옆으로 기울여 보일 뿐이다. 그런 정도로 자신을 향해 달려드는 수백 명의 마인들의 공격에 응했다. 그리고 입가에 떠오른 여전한 미소.

방금 전과는 조금 다르다.

여전히 더할 나위 없을 만큼 아름다웠으나 처연함이 깃들어 있었다.

연민!

불꽃 속으로 뛰어드는 하루살이들! 죽음을 향해 달려드는 가련한 인생들!

악에 받친 수백 명의 마인들을 가련하게 바라보며 천기

신혜가 마심마화멸신공을 다시 펼쳤다. 방금 전, 세 거마를 상대할 때보다 훨씬 압도적인 죽음의 미소를 아낌없이 보여줬다.

— **마심염화소(魔心染化笑)**

오로지 신마대제 담대광을 죽이기 위해 완성한 악마의 미소가 대전 전체를 붉게 물들였다. 수백 명의 마인들 전체에게 죽음의 잿빛 그림자를 부여했다.

고통!

절규!

죽음!

동시다발적으로 찾아왔다. 단숨에 수백 명의 마인들의 머리 위로 떨어져 내렸다. 천기신혜의 목전에서 거대한 아수라장을 만들어 냈다.

한데 바로 그때다.

흔들!

그때까지도 몸을 묻은 옥좌에서 미동조차 하지 않고 있던 천기신혜의 상반신이 미묘한 변화를 일으켰다. 늘씬한 지체가 갑자기 연체동물처럼 기대고 있던 옥좌 옆으로 흘러내린 것이다.

번쩍!

그 순간 천장을 뚫고 떨어져 내린 붉은색 불꽃!

흡사 화산이 폭발한 것 같은 무시무시한 화염지옥을 만들어 낸다. 옥좌 전체를 아예 초토화시켜 버렸다. 불태우고, 녹아내리게 했다.

슥!

어쩔 수 없이 천기신혜가 신형을 뒤로 물렸다. 수백 명이 넘게 대전으로 몰려온 마인들을 합한 것보다 훨씬 강한 자가 나타났다는 판단 때문이다.

과연 그랬다.

번쩍! 번쩍! 번쩍!

뒤로 물러서는 천기신혜를 향해 오색찬연한 불꽃이 연달아 쏟아졌다. 마치 지옥유부에서 튀어나온 악령의 손처럼 그녀를 붙잡으려 했다.

"제법!"

천기신혜의 입가에 다시 미소가 떠올랐다.

방금 전 펼쳤던 마심마화멸신공과는 다른 종류!

순간 초고속의 이동을 멈춘 천기신혜의 배후에서 백광을 번뜩이며 길쭉한 강기가 튀어나왔다.

콰득!

그리고 촌각의 여유도 주지 않고 불꽃의 중심부를 타격한다. 거대한 빛으로 이뤄진 강기 기둥을 쏟아 내며 초염지옥으로 불타는 옥좌를 쓸어버렸다.

그러자 불꽃의 중심부에서 터져 나온 짤막한 신음!

"헉!"

순식간에 폐허로 변한 옥좌 부근에 거대한 불꽃의 거신이 모습을 드러냈다. 여전히 오색찬연한 불꽃을 몸 전체에 두르곤 있으나 기세는 이미 많이 약화되었다.

천기신혜의 아름다운 눈에 이채가 어렸다.

"설마 했는데 진짜로 패마 천좌였군요?"

"흥! 과연 우마령이로군. 내 암습을 이렇게 간단하게 피할 줄은 몰랐는데……."

"후후, 교주와 비교해서 어떠한가요?"

"……감히!"

버럭 노성을 터뜨리며 오색의 불꽃 속에서 본색을 드러낸 패마 종리곽이 고리눈 가득 패기 어린 광망을 쏟아 냈다. 당장에라도 자신의 앞에 있는 모든 걸 멸절 시켜버릴 듯한 모습이다.

그러나 그에 비하면 한 떨기 가냘픈 꽃잎이나 다름없어 보이는 천기신혜는 태연했다. 자신에게 쏟아지고 있는 종리곽의 패도를 아무렇지도 않게 받아 내며 입가에 살짝 걸려 있는 미소를 더욱 짙게 만들었다.

"제가 결례를 범했군요. 패마 천좌의 역량으론 교주의 진짜 능력을 끌어낼 수 없는 게 당연한 일인 것을."

"뭐라?"

"아니라고 하고 싶은 건가요?"

"……."

종리곽이 여전히 패도를 뭉클거리며 쏟아 내면서도 입을 굳게 다물었다. 천기신혜가 한 말에 반박하기가 쉽지 않았기 때문이다. 최소한 현재로선.

그것도 잠시뿐.

곧 평정을 회복한 종리곽이 특유의 광폭함을 노골적으로 드러내며 말했다.

"우마령, 더 이상의 저항은 포기하는 게 좋을 것이오! 이미 이곳은 군마각에 의해 완벽하게 정리가 끝났으니까!"

"당연히 그럴 테지요. 태상마군이 직접 움직였으니까요."

"그걸 안다면……."

"하지만 의외네요. 일부러 고독검마후와 좌마령이 신마성궁을 빠져나간 사실을 제 귀에 들어가게까지 한 후 보낸 사람이 고작 패마 천좌라니……."

"……날 무시하는 것이오!"

"……아!"

갑자기 뭔가를 깨달았다는 듯 탄성을 발한 천기신혜가 종리곽을 견제하고 있던 빛의 기둥 몇 개를 재빨리 이동시켰다. 부동 중에 변화를 만들어낸 것이다.

— 멸신백병도!

마심마화멸신공과 더불어 천기신혜가 얻은 천마대조의
또 다른 파편이 모습을 드러냈다.

당연히 이유가 없을 리 만무하다.

단연코 그럴 일은 없었다.

쩌정!

파스슷!

천기신혜가 이동시킨 빛의 강기들이 곧 화려한 폭발을
일으켰다. 은연중 그녀의 사각을 노리며 다가들던 강력한
검강과 도강을 막아냈기 때문이다.

그러나 놀랍게도 여전한 위력을 발휘하고 있는 검강과
도강!

일반적인 위력이라 할 수 없다.

둘 다 특별했다.

주인이 검마 주진모와 도마 사마무군이었으니까.

삼마 정립!

천마신교의 무수한 거마효웅 중에서도 기둥이라 할 만한
세 마웅이 천기신혜를 중심으로 모였다. 그녀 한 사람을 상
대하기 위해 드높은 자존심을 버린 것이다.

천기신혜가 고개를 끄덕였다.

"이쯤은 되어야 태상마군이 내놓을 법한 한 수라고 할

수 있겠죠. 하지만 놀랍군요. 나 한 사람을 상대하기 위해 신마성궁을 완전히 비워버리다니!"

종리곽이 말했다.

"신마성궁에는 태상마군님이 계시오. 어찌 비웠다고 할 수 있겠소?"

"아하!"

천기신혜가 탄성을 발했다.

'이런 멍청한!'

'저런 바보 같은 인사를 봤나!'

주진모와 사마무군은 내심 탄식했다. 그들은 과거 천마대전에서 천기신혜의 경천동지할 무력을 경험한 바 있었기 때문이다.

당연히 그냥 지켜보고만 있을 순 없다.

파팟!

스파팟!

주진모가 무형마벽검강기를 일으켰고, 사마무군 역시 대자연도세를 전력으로 쏟아 냈다. 이심전심으로 천기신혜를 제거하기 위해 합공을 감행한 것이다.

반면 두 사람과 손속을 합치지 못한 종리곽!

"뭐……."

갑작스러운 두 사람의 공세에 고리눈을 찌푸리던 그의 안색이 굳었다. 얼어붙었다.

번쩍!

일순 그의 동공 속으로 천기신혜의 더할 나위 없이 아름다운 미소가 파고들었다. 평생 본 적이 없는 절대적인 미(美), 그 자체!

혼백이 흩어진다.

정신이 흔들린다.

그와 함께 단전이 뜨끔거렸고, 곧 새카만 암전이 일어났다. 철저할 정도로 자신을 보호하고 있던 겁멸광폭류가 산산이 흩어지는 걸 느끼면서 말이다.

쿵!

종리곽이 쓰러졌다. 절명했다.

그리고 거목처럼 자신의 겁멸광폭류 속으로 무너져 내리는 그가 서 있던 방향으로 홀연히 사라지는 천기신혜!

"헉!"

"허억!"

주진모와 사마무군이 그와 함께 숨이 넘어가는 비명을 터뜨렸다. 천기신혜를 공격했던 무형마벽검강기와 대자연도세가 놀랍게도 그들에게 되돌아왔기 때문이다.

이화접목(移花接木)!

무당파 무공의 정수가 천기신혜에게서 펼쳐졌다. 주진모와 사마무군이란 거마들의 허를 제대로 찌르고서 말이다.

직후 멸천각 밖에서 연속적으로 들려온 몇 차례의 비명!

점차 흐릿해져 가고 있다.

천기신혜를 위해 삼중, 사중으로 펼쳐놨던 천라지망이 단숨에 허물어지고 만 것이다.

결국 대전에 남겨진 주진모와 사마무군이 서로를 바라보며 쓸쓸한 표정이 되었다.

"정말로 태상마군님께서 말씀하신 대로 될 줄은 몰랐거늘……."

"다른 점이 있다면 종리곽이 멸천마후의 손에 죽은 것 정도이고 말이지."

"……검마, 어찌할 작정인가?"

"태상마군님께서 명하신 대로 뒷정리에 들어가야겠지. 도마 자네는?"

"태상마군님의 명령에 따르는 건 여기까지만 이었네. 멸천마후의 세력을 이미 접수했으니, 나는 이만 소교주님을 찾아가 명령에 따를 생각이네."

"충신으로군."

"검마, 자네한테 들을 말은 아닌 것 같은데?"

"그럼 다음에 만날 때는 전장이겠군?"

"글쎄?"

주진모의 살기 어린 말에 묘한 표정을 지어 보인 사마무군이 암천흑룡등천도를 거두고 신형을 돌려세웠다. 주진모의 무형마벽검강기가 여전했으나 전혀 개의치 않았다. 그가 태상마군 소리산의 명령 없이 자신을 공격할 만큼의 야심가가 아니라는 걸 잘 알고 있었기 때문이다.

푸아악!

수십 조각으로 나눈 빛의 강기를 휘둘러 주변에 피의 길을 열고 있던 천기신혜의 눈동자가 묘한 흔들림을 보였다.

주진모와 사마무군의 합공을 되돌린 수법!

이화접목.

어째서 갑자기 그런 걸 사용할 생각이 들었는지 모르겠다. 애초에 극한까지 멸신백병도를 준비하고 있던 터.

주진모와 사마무군의 합공 정도는 간단하게 방비할 수 있었다. 그들을 죽이는 건 힘들어도 공격을 무력화시키는 것 정도는 크게 어려운 게 아니니까.

그럼에도 불구하고 이화접목을 사용했다.

아주 오랫동안…….

교주 담대광에게 버림을 받은 후 완전히 봉인했던 무당파의 절초로 위험을 벗어났다. 마치 지독스레 사랑했던 담대광으로부터 여전히 벗어나지 못하고 있는 것처럼 말이다.

아니다.

단지 그런 것만은 아닐 터였다.

담대광과 사랑이 뜨겁게 불타올랐던 시절 전수받은 무당

파의 절초가 아무런 이유도 없이 펼쳐졌을 리 없었다. 애써 잊고자 했던 과거의 기억이 스멀거리며 되살아난 것 역시 마찬가지다.

'설마 내 마음속에 아직도 교주에 대한 미련이 남아 있는 것일까? 그를 내 손으로 죽이고, 그의 모든 것인 천마신교를 세상에서 없애버리기 위해 그토록 모진 길을 걸어왔음에도…….'

어쩌면 천마대전에서 소진엽을 만난 게 문제일지도 모른다.

그의 몸속에 깃든 담대광을 보고 마음이 흔들려 버린 것인지도 모른다.

그래서 태상마군 소리산과의 대결에서 패했다.

완전히 분쇄 당했다.

그동안 마련했던 모든 기반을 잃어버렸다. 단 한 번의 역습에 걸려든 것만으로 그렇게 되었다.

"……하지만 태상마군은 나와 멸천각을 멸하기 위해 신마성궁을 완전히 비워버리는 큰 실수를 저질렀다! 그와 성녀만 제거된다면 교주가 부재중인 현 천마신교는 구심점을 잃어버리고 자중지란에 빠질 것이 뻔한데도 말야!"

천기신혜의 눈에 깃들어 있던 흔들림이 사라졌다.

그 중심에 요요롭게 자리 잡은 광채!

문득 어느 때보다 아름다운 미소를 입가에 매단 천기신

혜의 신형이 비현실적일 정도로 빨라졌다. 여전히 그녀를
에워싸며 몰려들고 있던 수천 명이 넘는 군마들의 포위망
을 뚫어버렸다. 마치 무인지경을 가로지르는 것처럼 손쉽
게.

142장

혼돈지문으로 들어오라!

흠칫!

북리사경의 파상 공격에 온몸이 걸레를 방불케 할 만큼 너덜너덜해져 있던 매종경이 갑자기 기묘한 표정이 되었다.

가벼운 전신의 떨림.

드디어 압도적인 무력의 격차를 보이고 있는 북리사경에게 공포를 느끼게 된 것일까?

그렇지 않다는 건 곧 밝혀졌다.

스으 ― 팟!

일순 매종경의 신형이 몇 십 개나 되는 분영을 만들어 냈다. 그가 칠마의 한자리를 차지하게 성명절학인 천라귀

영술 중 구명절초인 천라만분영을 펼친 것이다.

꿈틀.

북리사경의 안면에 작은 균열이 일어났다.

구채구에서도 그는 매종경을 천라만분영 때문에 놓친 바 있었다. 어렵사리 붙잡아 놓고 일방적으로 두들겨 패고 있던 터에 다시 놓치고 싶을 리 만무했다.

스파앗!

그의 황룡혈마검에서 붉은 새가 날아올랐다. 그 역시 성명절학인 혈마조검경을 드디어 발동시켰다. 그렇게 해서라도 매종경이 도주하는 걸 막을 작정이었다.

한데 바로 그때 상황이 급변했다.

도망가려는 자.

붙잡으려는 자.

두 인간이되, 인간이 아닌 사람 모두에게 동일한 시련이 닥쳐왔다.

시간의 정지!

분명 그렇게 느껴졌다. 그렇지 않고서는 눈앞의 광경은 결코 설명이 되지 않았다. 그렇게밖엔 이해할 수 없었다.

순식간에 수백 개나 되는 분영으로 화한 매종경!

그런 그를 한꺼번에 덮쳐가던 혈마조의 그림자!

그 모든 것이 갑자기 정지되었다.

무위로 돌아갔다.

단 한 사람!

느닷없이 두 비인 사이로 걸어 들어온 담대광에 의해서 말이다.

"……"

"……"

인간이되 인간이지 않은 두 사람의 얼굴에 처음으로 인간적인 감정이 떠올랐다. 미세하나 분명한 경악을 담아 자신들의 시간을 정지시킨 담대광을 바라봤다.

보기 드문 미남자!

거기다 꽤나 익숙한 외모다.

과거 삼십여 년 전쯤 두 비인의 뇌리 속에 아주 강렬한 인상을 남긴 바 있었다. 그것도 상당히 오랫동안.

— 신마대제 담대광!

그것도 위풍당당하게 천마신교의 이름으로 마도를 제패한 후 마천대전을 일으켰을 당시의 그였다. 그런 과거의 모습을 한 채 그가 두 비인 앞에 섰다.

"교주?"

"교주……"

거의 동시에 북리사경과 매종경의 입이 벌어졌다.

인간이되 인간이 아닌 존재가 된 그들이었으나 담대광

의 느닷없는 등장은 그만큼 큰 충격이었다. 갑자기 인간적인 감정과 기억을 일깨워줬을 만큼 말이다.

그러자 담대광이 고개를 갸웃거렸다.

"교주? 너희, 왠지 익숙하다 했더니 날 알고 있구나!"

"……."

"……."

"그런 식으로 보지 마! 나도 좋아서 이런 바보 같은 질문을 하고 있는 건 아니니까. 자! 둘 중에 누가 똘똘하려나?"

잠시 고심하는 표정을 지어 보인 담대광이 갑자기 북리사경쪽으로 손을 뻗었다.

팟!

그 순간 시공간의 정지 상태가 해소되었다.

다시금 시공간의 수레바퀴가 굴러가기 시작했다.

우당탕!

그로 인해 천라만분영을 펼친 상태로 공중에 구속되어 있던 매종경이 심하다 싶을 정도로 바닥에 처박혔다. 천라만분영을 펼칠 때 한꺼번에 방출했던 속도와 내력을 그대로 유지한 채 방향성을 잃어버렸기 때문이다.

반면 북리사경은 그대로 당하고만 있진 않았다.

카아아!

공중에 뜬 상태 그대로 정지되어 있던 혈마조가 날카로

운 울부짖음과 함께 방향을 바꿨다. 목표로 했던 매종경을 놔둔 채 담대광을 덮쳐 왔다.

크게 벌어진 부리!

붉은색으로 불타오르는 두 개의 날갯짓!

단숨에 무방비 상태나 다름없어 보이는 담대광을 향해 직격한다. 그를 세상에서 지워버리려 했다.

아니다.

그렇게 되진 않았다.

카아아!

다시 혈마조가 울부짖었고, 검고 붉은 광채가 야천을 길게 찢어발겼다. 담대광의 사각을 노리며 날아들었던 혈마조가 오히려 두 토막으로 잘려버린 것이다.

그리고 완전한 소멸!

파창!

혈마조검경이 깨진 것과 함께 북리사경의 황룡혈마검이 폭발하듯 깨져버렸다.

"컥!"

북리사경이 입에서 피 화살을 토해냈다.

그와 혈마조검경으로 만들어낸 혈마조는 거의 심령 자체가 연결된 것이나 다름없었다. 그렇기에 자신의 마음대로 조종할 수 있었고, 전력을 집중시킬 수 있었다.

당연히 혈마조의 소멸. 즉, 혈마조검경의 파훼는 북리사경의 심령에 대한 직접적인 타격이나 다름없었다. 주화입마를 당했다고 봐도 무방했다.

그러나 북리사경은 비인이었다.

이미 인간이라 부를 수 없는 존재였다.

스파앗!

자신이 내뱉은 피 화살을 뚫고 북리사경이 뛰어들었다. 흡사 자욱한 혈무(血霧)와 동화가 된 듯 완벽한 반격을 감행했다. 억지로 만들어낸 사각으로 담대광과 결착을 보려한 것이다.

퍽!

아쉽게도 조금 늦었다.

어느새 담대광의 길게 뻗은 발이 북리사경의 안면에 도달해 있었다. 불가사의할 정도로 빠르고 정확하게 그의 얼굴을 가격했다.

"푸억!"

북리사경이 다시 피 화살을 토해내며 바닥에 나뒹굴었다. 얼굴이 묵사발로 변해 본래의 오관을 확인키가 어렵다. 그 정도로 강력한 일격을 당했다.

꿈틀!

그럼에도 다시 움직이려는 몸짓.

거의 의식이 소멸할 정도의 타격을 당한 상태임에도 북리사경은 손을 땅속에 꽂아 넣었다. 그 반동을 이용해 신형을 공중으로 띄워 올리려 했다. 담대광과의 압도적인 무력 차를 있는 그대로 인정하고 도주할 마음이 된 거다.

하나 그 역시 쉽진 않았다.

불가능했다.

콰득!

어느새 그의 어깨는 담대광의 발이 쑤셔 박히고 있었다. 땅속에 파묻어 버리기라도 하려는 듯 무지막지하게 짓밟았다. 아예 움직임 자체를 봉쇄당해 버렸다.

뿌득! 뿌드드드!

그럼에도 북리사경은 포기하지 않았다. 계속 몸을 버둥거리며 어떻게든 담대광에게서 벗어나려 했다. 그러기 위해 모든 역량을 쏟아 내고 있었다.

담대광이 그 모습을 내려다보다 고개를 저어 보였다.

"뭐 때문에 그러는 거야?"

"……."

"그렇게 해봐야 소용없다는 걸 알잖아. 아니면 나한테 뭐 켕기는 거라도 있는 거야?"

"……."

"호오? 정말 그런가 보네?"

"……."

담대광이 여전히 침묵을 고수하고 있는 북리사경을 갑자기 놔줬다. 그의 어깨에서 발을 치운 것이다.

파스스!

그러자 북리사경이 한줄기 귀영처럼 뒤로 신형을 물렸다. 담대광에게 밟혔던 한쪽 어깨가 탈구되어 축 늘어졌으나 전혀 개의치 않았다. 어떻게든 현 상황으로부터 벗어나려 했다. 그럴 작정이었다.

퍽!

그러나 이번에도 담대광이 그렇게 놔두지 않았다.

순간적으로 북리사경과의 거리를 좁혀 그의 배에 발을 꽂아 넣었다. 허리를 접고 바닥에 쓰러지게 한다. 그리고 발로 허리를 양단하듯 내려찍는다.

콰득!

몸 전체의 중심을 잡아주는 척추가 박살나는 소리가 났다. 그만큼 강력한 일격으로 북리사경의 도주 의지를 꺾었다. 아예 움직일 생각도 하지 못하게 만든 것이다.

"……."

그런 후 입에 게거품을 물고 있는 북리사경의 코앞에 쭈그려 앉은 담대광이 그의 머리통에 손가락을 갖다 댔다.

퍽!

피가 튄다.

손가락이 단숨에 골수를 뚫고 들어갔기 때문이다.

핑글!

그와 함께 동공이 흰자위 속으로 파묻혀 버린 북리사경.

여태까지의 완강하던 태도 따윈 순식간에 사라져 버리고 만다. 비인이라 해도 뇌의 영역이 장악 당하자 반항할 도리가 없어진 것이다.

＊　　＊　　＊

'저, 저거 뭐야? 무서워!'

담대광과 북리사경, 매종경간의 드잡이질을 훔쳐보고 있던 반교연이 자신도 모르게 입을 벌렸다.

그녀는 사파인이다.

중원 사파의 대종이라 불리던 천사련에서 온갖 사공과 방술을 접했고, 익혔다. 웬만한 일에는 눈 하나 깜빡하지 않을 정도의 간담 역시 지니고 있었다.

하나 지금은 소름이 끼쳤다.

단숨에 두 비인을 제압한 담대광의 압도적인 무위와 북리사경의 머리통에 손가락을 꽂아 넣는 모습에 두려움을 느꼈다. 평생 이처럼 무서운 광경을 본 적이 없는 것 같았다.

그때 그녀의 곁에 찰싹 달라붙어 있던 소영이 천진난만한 표정으로 질문했다.

"언니, 서방님께서 지금 뭘 하고 계시는 거지요?"

'누가 누구의 언니야?'

자신을 남편의 시앗 정도로 대하던 소영의 넉살 좋은 태도 변화에 반교연의 눈초리가 살짝 치켜 올라갔다. 여자들에게만 종종 보이곤 하는 표독스러운 살기를 드러낸 것이다.

그러나 소영은 아주 어렸을 때부터 구채구에서 가장 인상이 험악한 부친 구당가의 품에서 자라왔다. 특별히 무공을 익힌 적도 없으니 반교연의 살기 역시 쉽사리 파악하진 못했다. 그냥 갑자기 주변의 온도가 조금 떨어졌다 느꼈을 뿐.

"언니, 왜 그렇게 보시는 거예요? 제 얼굴에 뭐라도 묻었나요?"

"전혀."

"그럼 혹시 제 젊음이 부러워서……."

"더욱 아냐!"

자신도 모르게 짜증을 있는 대로 폭발시킨 반교연이 재빨리 손으로 입을 가렸다.

담대광에게 압도적인 공포를 느낀 지 그리 오래되지 않았다.

그의 처를 자처하는 소영에게 화를 내는 건 그리 현명한 행동은 아닐 터였다.

'게다가 이 못생기고 개념 없는 계집이 어쩌면 내 유일한 목숨 줄이 될 수도 있으니까…….'

내심 염두를 굴린 반교연이 손을 뻗어 소영의 어깨를 잡아당겼다. 다정한 얼굴, 손아귀에 들어간 힘은 완강하다. 결코 무공을 익히지 않은 소영이 저항할 수 없을 정도로.

"동생, 날 언니라고 부르는 건 그만큼 친숙하게 여기고 있다는 뜻일 테지?"

"물론이죠! 언니는 서방님과 관계가 없는 분이니까요!"

'가슴도 쬐끔한 것이 그래도 계집이라고!'

내심 비웃으며 소영의 설익은 몸매를 훑은 반교연이 더욱 그녀를 자신 쪽으로 잡아당겼다. 담대광이 돌아오면 인질로 삼을 준비를 확실하게 끝마친 것이다.

한데 갑자기 반교연의 표정이 변했다.

스으 ─ 팟!

여전히 북리사경을 독특한 방법으로 족치고 있는 담대광 쪽으로 쏜살같은 그림자가 날아들었다.

그야말로 전광석화나 다름없는 속도!

낮게 잡아도 매종경이나 북리사경의 등장에 못하지 않은 그림자의 정체를 반교연은 한눈에 알아봤다. 결코 잊을 수 없는 굴욕과 회한의 세월을 그녀에게 강요했던 절세미인의 등장에 몸이 곧바로 반응을 보였기 때문이다.

와들! 와들!

담대광에게 느꼈던 것보다 훨씬 더 심한 공포로 몸을 떨면서 반교연이 내심 소리 질렀다.

'고독검마후! 아니, 천마대조가 어째서 이런 곳에서 등장하는 거야! 그리고 왜 내 서방은 붙잡고 있는 거고!'

그렇다.

느닷없이 허공을 가르며 등장한 고독검마후 구양령의 모습을 한 천마대조는 혼자가 아니었다. 장소량이 그녀의 손에 어린애처럼 뒷덜미가 붙잡힌 채 끌려오고 있었다. 흡사 어린애가 부모에게 붙잡힌 것 같은 형상을 하고서 말이다.

*　　　*　　　*

털푸덕!

갑자기 귓전으로 파고든 소음에 담대광이 북리사경의 뇌에 박았던 손가락을 뽑으며 눈을 떴다.

얼마나 시간이 지난 것일까?

북리사경의 뇌와 직접 연결해 그의 기억 중 자신과 관계된 부분을 강제로 추출하고 있던 담대광의 눈빛은 묘하게 흐려져 있었다. 외부의 충격으로 인해 동조화가 깨진 터라 정상적인 사고체계를 회복하는데 다소 시간이 걸렸다.

잠시뿐이었다.

곧 담대광은 북리사경으로부터 바람같이 신형을 떼어냈다.

그럴 수밖에 없었다.

쾅!

요란한 굉음과 함께 북리사경의 몸이 순식간에 자취를 감췄다. 하늘에서 느닷없이 떨어져 내린 천마대조의 발에 짓밟혀 땅속으로 아예 파묻혀버린 것이다.

그리고 한켠에 처박혀 열심히 버둥대고 있는 장소량.

천마대조를 사로잡기 위해 천라지망을 펼쳤다가 오히려 포로의 몸이 된 그의 꼴은 말이 아니었다. 핏물로 목욕을 한 채 바닥을 엉금엉금 기고 있었다.

비로소 천마대조에게서 벗어난 만큼 어떻게든 그로부터 멀어지려 최선을 다했다. 정신이 절반쯤 나간 상태임에도 강렬한 생존본능만은 살아남아 있는 게 분명하다.

물론 그걸 그냥 놔둘 천마대조가 아니다.

픽!

섬세한 교족을 한차례 움직이자 장소량이 다시 바닥에 뻗었다. 어린아이가 던진 돌에 얻어맞은 개구리 같다. 마혈이 제압된 것처럼 전신이 마비되어 완전히 뻗어 버렸다.

그래도 열심히 이리저리 움직이는 눈동자!

그러다 우연찮게 그리 멀지 않은 곳에 서 있는 담대광을 발견한 장소량의 동공이 있는 대로 확장되었다.

'교, 교주!'

북리사경이나 매종경 때와 비슷하다.

아니다.

오히려 더욱 격한 반응을 장소량은 보였다. 그는 모사이지 인간적인 감정이 거세된 비인이 아니었기 때문이다.

까닥!

담대광이 장소량의 그 같은 감정의 격동에 반응을 보였다. 고개를 한차례 꺾으며 그에게 시선을 던진다. 바로 코앞에 무시무시한 천마대조를 놔두고서 그리했다.

천마대조의 절세적인 옥용에 살짝 감정이 묻어나왔다.

"마(魔)의 아들아! 어찌 마의 본질로부터 벗어난 것이더냐?"

"응?"

"나는 천마(天魔)! 천상(天上)과 천하(天下) 중 오롯이 홀로 존재하는 자다! 너는 천 년간 기다려왔던 내 피요, 내 뼈요, 내 살일지니……."

"뭔 개소리야?"

천마대조의 위엄 넘치는 말을 단숨에 개소리로 격하시킨 담대광이 약지로 귓구멍을 후비며 눈살을 찌푸려 보였다. 당최 그가 한 말에 관심이 없어 보인다.

그러자 천마대조가 움직였다.

팟!

땅속에 파묻어 버린 북리사경을 찍고 신형을 날린 그가 공간 이동하듯 담대광에게 파고들었다.

그 배후.

후광처럼 형성된 거대한 손그림자.

그보다 먼저 담대광을 찍어 누른다. 압살시키려 한다. 박살내려 한다.

— **천마초절예! 천마멸신조 발동!**

슥!

그러나 어느새 담대광은 옆으로 이동해 있었다.

잔상만을 남긴 채.

그는 자신을 노리며 떨어져 내린 천마멸신조의 거대한 손그림자를 간단하게 피해 버렸다. 마치 처음부터 그런 일이 벌어질 걸 예측하고 있었던 것처럼 말이다.

당연히 그것만으로 끝일 리 없다.

쾅!

뒤이어 자신이 서 있던 곳에 도달한 천마대조의 옆구리로 담대광이 파고들었다.

반격!

그런 표현으론 부족하다.

천마대조의 늘씬한 몸을 단숨에 십 장 밖으로 날려버렸으니까.

그 정도의 위력이 담대광의 회전하는 몸통 공격에는 담

겨져 있었다.

— 일보단천지로! 일보파산경!

소진엽이 봤다면 경악을 금치 못할 정도로 완벽하게 천
마대조의 옆구리에서 폭발했다. 전설적인 천마초절예를
펼친 그의 몸을 종잇장처럼 구겨서 내팽개쳤다.

잠시뿐이었다.

극히 짧은 순간 벌어진 일이었다.

휘릭!

갑자기 공중에서 섬세한 신형을 한차례 회전시킨 천마
대조의 전신에서 수십 개나 되는 빛의 기둥이 뻗어 나왔
다. 감히 자신에게 반격을 가한 담대광을 노리며 흡사 포
격을 가하듯 맹격을 쏟아 냈다.

"천마멸신조 다음은 멸신백병도인가? 하지만 세기가 살
짝 부족해!"

"……."

냉정한 담대광의 말과 동시였다.

쾅!

그의 발이 땅에 강력한 진각을 일으켰고, 고정되어 있던
상반신이 고속의 움직임을 보였다. 삽시간에 그 자신을 에
워싸고 있는 대기 전체를 진공 상태로 만들었다. 멸신백병

도의 빛기둥들을 그렇게 자신의 몸으로부터 비껴 나가게 만들었다.

찰나에 벌어진 이변!

스파앗!

그리고 그와 동시에 담대광이 빛의 검을 만들어 냈다. 자신을 노리며 날아든 멸신백병도와 비슷하나 전혀 다른 성질의 신마기(神魔技)를 펼쳐낸 것이다.

— 지존성마검!

천지를 양단하는 천마신교 최강의 검격이 천마대조의 멸신백병도를 단숨에 박살냈다. 그의 전신을 휘감고 있던 수십 개가 넘는 빛의 기둥을 순식간에 불 꺼진 등처럼 만들었다. 처음부터 존재하지 않았던 것처럼 쓸어버렸다.

휘청!

그러자 공중에 떠 있던 천마대조의 몸의 균형이 무너졌다. 기세등등하던 본래의 모습을 잃고 바닥으로 추락했다. 완전히 담대광에게 압도당한 형상!

그러나 담대광은 오히려 침중한 기색이 되었다.

문득 동공을 통해 파고든 천마대조의 얼굴은 인간의 것이 아닌 듯했다. 아름다운 눈빛과 입가에 미소가 깃들어 있었다. 그의 멸신백병도를 무너뜨린 순간 살짝 고개를 치켜든 오만함이 만든 허점을 아주 제대로 통타당했다.

"쿨럭!"

입술을 뚫고 핏물이 튀어나온다.

완전체나 다름없는 체내의 기혈이 단숨에 끓어올랐다. 미친 질주를 보이며 역류했다. 흡사 몸속에서 강력한 폭탄이 폭발한 것이나 다름없다.

게다가 그것만으로 끝이 아니었다.

오히려 시작이었다.

슥!

천마대조가 언제 신형을 휘청이며 바닥에 추락했냐는 듯 바람같이 담대광에게 다가들었다.

— 마심마화멸신공!

담대광의 마음속에 작지만 강렬한 마의 꽃을 피우며 빠르게 간격을 좁혀왔다. 여전히 맹위를 떨치고 있는 지존성마검의 권역 안으로 아무런 경계심 없이 뛰어들어 왔다. 철저하게 자신의 몸을 보호하고 있던 멸신백병도조차 거둬버린 채로 그리했다.

부들!

담대광의 눈에 검은 기운이 감돌았다.

지존성마검을 형성하고 있던 손끝 역시 작은 떨림을 보

인다. 입술을 뚫고 흘러내리는 핏물의 양 역시 점차 늘어나고 있었다. 순식간에 자신의 몸의 양에 버금갈 만큼 많은 피를 꾸역꾸역 쏟아 냈다.

그리고 드디어 그의 곁에 바짝 다가선 천마대조!

더할 나위 없을 만큼 매력적인 미소를 머금은 채 그가 하얗고 작은 손을 담대광의 인당혈에 갖다 댔다.

앞서 북리사경에게 담대광이 했던 행위와 같다.

대동소이(大同小異)라 할 만했다.

그렇게 담대광을 자신의 것으로 만들려 했다. 천여 년 동안 기다려왔던 부활을 비로소 이루기 직전에 이른 것이다.

푸욱!

천마대조의 손에서 일어난 기경이 담대광의 인당혈을 뚫고 들어갔다. 모래성처럼 쉽사리 부숴 버렸다. 한 손 가득 그의 뇌수를 움켜쥐려 했다.

*   *   *

"악!"

소영이 비명을 터뜨렸다.

천마대조의 손에 완벽하게 제압당한 담대광의 모습에 기겁을 했다. 천마대조가 그를 죽이려 한다고 여긴 때문이다.

당연히 그냥 넋을 놓고 있을 리 없다.

그녀가 천마대조쪽으로 무턱대고 달려갔다.

작은 양손을 불끈 쥐고서 두 눈에는 눈물이 그렁거렸다.

천마대조의 길고 아름다운 모발을 죄다 쥐어뜯어 놓으려 했다.

분명 그럴 작정이었다.

그러나 오히려 붙잡혀 잡아 당겨진 그녀의 모발.

"악!"

방금 전과 비슷한 비명과 함께 소영이 바닥에 나뒹굴었다. 반교연에게 머리끄덩이가 붙잡혀서 뒤로 나자빠져 버렸다.

반교연의 조치가 그것만으로 끝날 리 없다.

퍽!

재빨리 발끝을 날려서 소영의 마혈을 점혈한 그녀가 천천히 고개를 저어 보였다.

"네가 끼어들 자리가 아냐!"

"그치만 언니……."

"어리광부리지 마! 그런다고 해서 해결될 일이 아니니까. 아!"

소영에게 엄하게 말하던 반교연이 입을 가볍게 벌렸다.

신음이 절로 흘러나온다.

은연중 치밀하게 살피고 있던 천마대조와 담대광간의 대결이 갑자기 새로운 국면에 돌입했기 때문이다.

*　　　*　　　*

　퍽!

　천마대조가 손아귀에 힘을 준 순간 담대광의 얼굴이 수박처럼 깨졌다. 붉은 뇌수를 쏟아 내며 산산조각 났다. 마치 머리통 자체가 소멸해 버린 것이나 다름없다.

　그러나 천마대조의 안색은 딱딱하게 굳어 있었다.

　전혀 승리자와 같지 않았다.

　그를 신마좌에서 떠나오게 만든 담대광, 마천을 연 담대광, 오랫동안 기다려왔던 자신의 또 다른 분신인 담대광이 이리 쉽사리 소멸할 리 만무했다. 아예 기대조차 하지 않았다. 그렇게 놔둘 생각도 없었다.

　그런데 갑자기 그런 사태가 벌어졌다.

　천 년이 넘게 기다려왔던 혼돈지문의 열쇠가 사라졌다.

　자신의 손아래 죽어버렸다.

　소멸해서 완전히 지상에서 자취를 감춰버린 것이다.

　"이건……."

　당황감에 천마대조가 말끝을 흐렸다.

　그의 아름다운 눈빛이 한 줌의 핏물만이 남아 있는 자신의 손아귀를 망연하게 바라봤다. 요악스럽기까지 하던 눈빛 속의 붉은 기운이 미미한 흔들림을 보인다.

잠시뿐이었다.

곧 천마대조의 붉은 눈동자는 흔들림을 멈췄다. 그리고 대신 가볍게 벌어진 붉은 입술.

"하악!"

고통이다.

상상조차 해 본 적 없던 극렬한 통증에 휩싸인 천마대조가 경악이 깃든 시선으로 담대광을 바라봤다.

아니다.

정확히는 방금 전까지 담대광이었던 존재를 바라봤다. 자신의 손으로 머리통을 박살낸 그의 부산물을 봤다. 그곳에서 튀어나와 자신의 전신을 꿰뚫은 수십 개가 넘는 검은 촉수의 정체를 파악하기 위함이었다.

"어, 어찌…… 혼돈지문은 아직 열리지 않았거늘……."

"내가 곧 혼돈지문이니까."

"……헉!"

천마대조가 헛바람을 들이마셨다.

어느새 그의 바로 앞에는 완전무결한 담대광이 존재하고 있었다.

그렇다면 천마대조의 전신을 꿰뚫은 촉수는 뭔가?

탈각의 부산물이다.

순간적으로 나비처럼 허물을 벗어 던진 담대광은 천마대조의 마수로부터 벗어난 것이다.

물론 탈각의 부산물은 천마대조를 위한 선물이었다.

그에게 잠시 승리감을 맛보게 하여 허점을 드러나게 하기 위한.

게다가 아주 강력한 항마지력!

한때 정파제일인이었던 소림신승 파불의 소림칠십이절예가 천마대조의 몸속으로 쏟아져 들어갔다. 인세의 것으로 보이지 않는 검은색 촉수 하나하나가 소림칠십이절예를 하나씩 함유하고 있었던 거다.

고통으로 얼굴을 일그러뜨린 채 천마대조가 담대광을 바라봤다.

"마, 마의 아들이 아니었던 것이냐?"

"난 그냥 혼돈지문 그 자체라니까."

"그, 그게 무슨 뜻이지?"

"혼돈. 태극 이전의 존재란 거야. 뭐, 천 년이 넘도록 등선을 못한 망령에겐 너무 어려운 말이겠지만. 뭐, 됐고! 그만 버티고 그렇게 원하던 혼돈지문으로 들어오도록 해."

"……."

천마대조가 버둥거렸다.

여전히 자신의 몸 전체로 파고들어 고통을 심화시키고 있는 파불의 항마지력으로부터 벗어나려 몸부림쳤다. 자신의 모든 마력을 한꺼번에 폭발시켰다.

그러나 그 순간, 몇 걸음 밖에 서 있던 담대광이 파불과 다시 하나가 되었다.

번쩍!

그리고 그의 전신에서 일어난 기묘한 기광!

천마대조가 다시 입을 벌렸다가 곧 축 늘어졌다. 완벽하게 제압당해서 어떤 반항도 하지 못하는 몸이 되어버린 것이다.

풀썩!

천마대조가 바닥에 쓰러졌다.

모든 힘을 잃어버리고 담대광 앞에 무너져버렸다.

                    *   *   *

'끄, 끝난 건가?'

장소량은 마혈이 제압당한 상황에서도 죽도록 눈알을 굴리고 있었다.

결코 멈출 수 없었다.

그의 자랑스러운 두뇌로 조금이라도 많은 정보를 전달해 줘야만 했기 때문이다.

그때 그의 귓불이 바르르 떨림을 보였다.

"후욱!"

64 절대검해

아주 익숙한 숨결이다. 중늙은이나 다름없는 나이에 청춘을 돌려줬던 회춘의 명약과도 같은 숨결이었다.

'이, 임자?'

더욱 힘차게 눈알을 굴리는 장소량의 귓불을 살짝 깨문 반교연이 다정하게 말했다.

"빌어먹을 늙은이야! 감히 내게서 도망갈 수 있을 거라고 생각했던 거야?"

'그, 그렇게 크게 얘기를 하면…….'

"흥! 대답도 못하나 보네? 뭐, 그런 건 됐고."

잠시 말을 끊고 주변을 살피던 반교연이 재빨리 장소량을 들쳐 업었다. 그를 데리고 빨리 이 지옥도를 빠져나갈 작정을 한 것이다.

한데 그때 예상치 못한 사단이 일어났다.

"우와앙!"

"저, 저년이!"

"서방님! 서방님!"

반교연의 뒤를 따라온 소영은 천마대조를 쓰러뜨린 담대광 쪽으로 울면서 달려갔다. 눈으로 보고도 절대 믿을 수 없는 끔찍한 마계대전을 보고도 전혀 개의치 않았다. 얼굴이 눈물로 범벅이 된 채 무작정 얼마 전까지 담대광이었던 존재를 향해 달려갔다.

"미친년!"

반교연이 이를 갈면서 소영의 뒤를 쫓았다.

어째서인지는 모르겠다.

그냥 사랑에 완전히 눈이 먼 그녀를 그냥 놔둘 수 없었다. 자신이 아주 오래전에 잃어버린 어떤 것을 간직하고 있는 소녀가 지옥에 빠지는 걸 두고 볼 수 없었다.

그러나 그와 동시였다.

번쩍!

기묘한 기운을 발산하며 자신의 발치에 쓰러진 천마대조를 내려다보던 담대광의 전신에서 폭발적인 빛이 일어났다.

홍황지기?

칠채백광?

인간의 눈으로 확인하기 어려운 총천연색의 빛을 덮어쓴 반교연이 순간적으로 정신을 잃어버렸다. 소영을 놓쳐버렸다. 등에 업은 장소량과 함께 바닥을 나뒹굴었다.

풀썩!

*   *   *

반교연이 정신을 차린 건 하루가 꼬박 지나서였다.

얼굴에 떨어져 내리는 차가운 기운에 얼굴을 있는 대로 찡그리다 눈을 떴다.

"무슨 짓이에요?"

"임자, 깨어났구려! 깨어났어!"

"왜 호들갑은 떨고 그래요? 아무렴 당신보다 훨씬 젊은 내가 먼저 죽을 거라고 생각한 거예요?"

"아무렴, 그래야지! 내가 이 나이에 벌써 홀아비가 되어선 곤란하지!"

"홀아비는 무슨! 전병 줄 사람은 생각도 않는데, 먼저 찻물 들이키는 소리 하지 말고 저리 비켜요!"

"알겠소! 알겠소!"

반교연의 잇단 면박에도 장소량은 실실 웃으면서 손에 든 물병을 그녀에게 내밀었다. 얼굴에 느껴지던 차가운 기운의 정체를 대충 짐작할 수 있겠다.

'날 깨우려고 입으로 물을 머금었다가 뿜어대고 있었던 게로군. 더러운 늙은이 같으니!'

내심 투덜거리면서도 반교연의 입꼬리가 살짝 치켜 올라갔다.

눈앞에서 헤헤거리고 있는 염소수염의 중늙은이.

묘하게도 밉지가 않다.

하긴 그래서 신마성궁을 떠나 이 먼 곳까지 따라온 것일 테지만.

그 같은 생각과 함께 물병을 낚아채 입술을 축인 반교연이 주변을 둘러보며 말했다.

"어찌 된 일이죠?"

"난들 알겠나?"

"당신도 모르는 게 있네요?"

"내 비록 천하무쌍의 지력을 지닌 모사이지만, 신은 아니라네."

"그럼 예측해 봐요."

"흠."

장소량이 반교연의 채근에 염소수염을 몇 차례 쓰다듬고 눈을 빛냈다.

"임자가 마지막에 본 사람은 교주님이라네."

"신마대제님을 말하는 건가요?"

"그렇지. 그것도 젊은 시절의 교주님이셨네."

"그럼 고독검마후. 아니, 고독검마후를 차지한 천마대조인가 뭔가 하는 귀신은 신마대제님께 죽은 건가요?"

"그렇진 않은 것 같네."

"그럼 어떻게 된 건데요?"

"그건……."

잠시 말끝을 흐린 장소량이 고개를 가로저었다.

"……나도 잘 모르겠네. 임자와 마찬가지로 나도 정신을 잃었다가 깨어난 지 얼마 안 됐거든."

"무능한 인간!"

"그렇게 매도하지 말게. 그래도 몇 가지 짐작은 했으니까."

"그게 뭔데요?"

"교주님은 구양 마군의 몸을 차지한 천마대조와 함께 신마성궁으로 향하고 있다는 걸세."

"그걸 어떻게 확신하시는 거죠?"

"마의 본질이란 본래 그런 법이니까."

"예?"

"다른 식으로 말하자면 본래 천하의 만물은 자신의 고향으로 돌아가는 법이라네. 자신의 본질을 찾기 위해서 말일세."

"……"

반교연은 여전히 전혀 모르겠다는 표정으로 장소량을 바라봤다. 흡사 뒤 집 개가 짖고 있냐는 눈빛이다. 아무런 숨김없이 장소량을 바라보고 있었다.

그러자 장소량이 입가에 한숨을 매달았다.

"에휴, 일단 요기나 하러 가세."

"밥 준비해 놓은 거예요?"

"마침 괜찮은 수족 둘이 생겼다네. 그래서 명을 내려놨지."

"괜찮은 수족?"

반교연이 의아한 표정을 지어 보이다 입을 딱 벌렸다. 장소량이 휘파람을 불자 느닷없이 모습을 드러낸 두 명의 비인을 발견했기 때문이다.

'헤엑! 좌마령 북리사경과 귀마 매종경이잖아!'

그렇다.

장소량의 휘파람 소리에 모습을 드러낸 두 비인은 전날 담대광에게 박살난 북리사경과 매종경이었다. 그들이 흐리멍덩한 눈빛을 한 채, 갓 잡은 토끼 한 마리와 전병 몇 개를 들고 있는 모습을 드러냈다. 마치 주인의 부름을 받은 노복처럼 말이다.

"이, 이게 어찌 된 거죠?"

"말했잖아. 내게 괜찮은 수족이 생겼다고. 모두 인사해라. 너희들의 주모니까."

"주.모.님!"

"주.모.님!"

북리사경과 매종경이 반교연에게 인사하고 토끼와 전병을 장소량에게 공손하게 건넸다.

"……."

반교연이 장소량을 신기하다는 듯 바라봤다.

그럴 수밖에 없었다.

갑자기 천하무쌍이라 할 만한 비인 두 명을 자신의 수족으로 삼은 그의 능력에 경이로움을 금할 수 없었기 때문이다.

잠시뿐이었다.

곧 새침한 표정을 회복한 그녀가 도도하게 말했다.

"나 요리 못하는 거 알죠?"

"내가 요리는 좀 하지."

"그럼 한번 잘 만들어 봐요. 너무 시간이 많이 걸리면 안 돼요!"

"알겠네! 내 노력해 봄세!"

장소량이 언제 우쭐해 있었냐는 둥 헤헤거리며 두 비인에게 명령을 내려 불을 피우고 토끼 고기를 손질하기 시작했다.

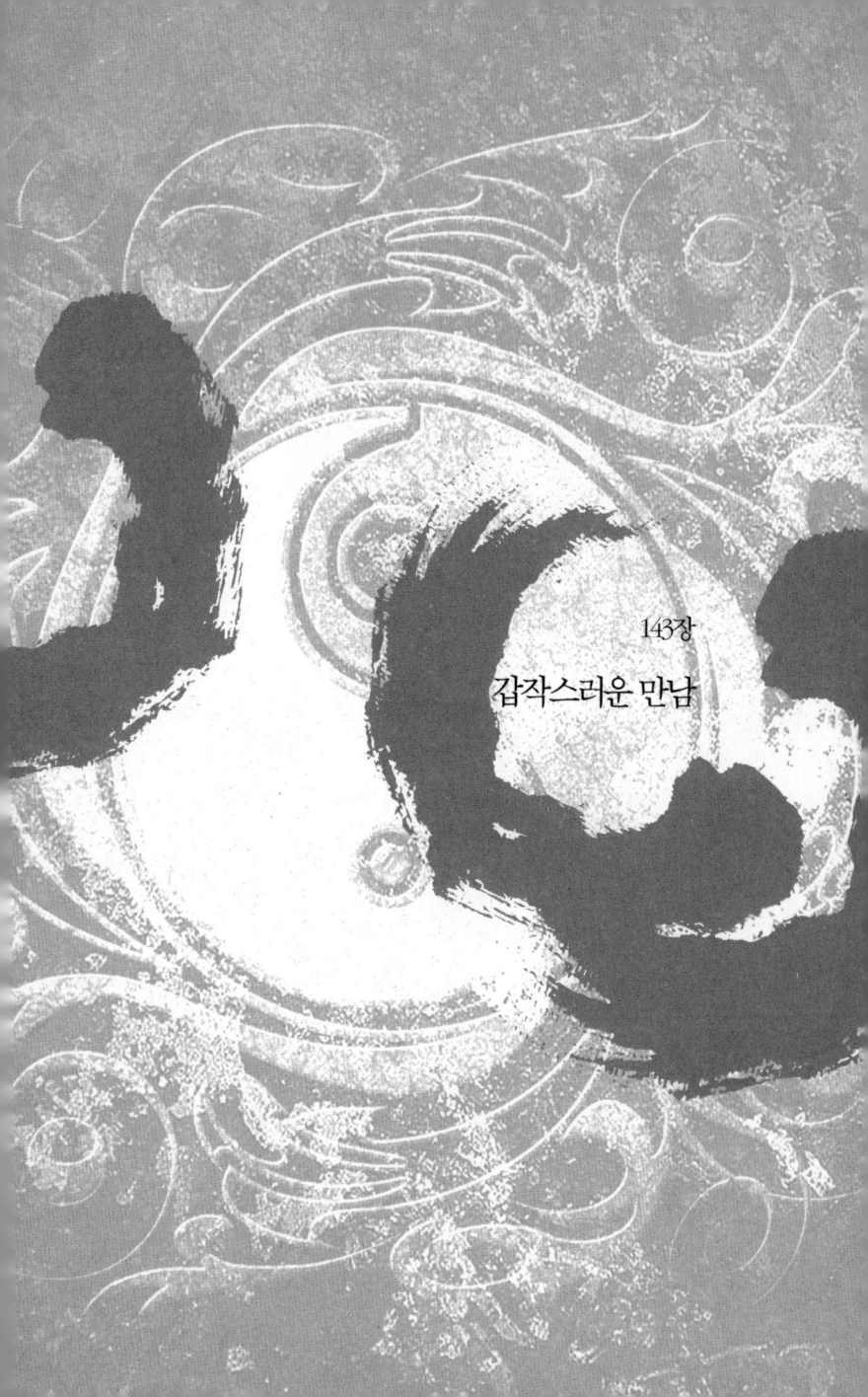

143장

갑작스러운 만남

밤.

슬슬 굽이치는 산등성이로 달이 고개를 빼꼼히 내밀기 시작할 무렵이었다. 장소량이 품에 안겨서 옹알거리고 있는 반교연을 슬그머니 밀어냈다. 그녀가 깨지 않게 극도로 조심했으나 역부족이었다. 어느새 도발적일 정도로 새초롬한 시선이 그를 올려다보고 있었기 때문이다.

"무슨 짓을 하려는 거죠?"

"험! 험! 임자 깼나 보구만?"

"말 돌리지 말아요! 내게 말하지 않았던 일이 있었던 거죠?"

"그, 그것이⋯⋯."

"수염 떨리는 걸 보니, 사실이구나!"

"……엉? 엉?"

장소량이 얼른 자신의 염소수염을 손으로 가렸다. 자연스럽게 그리했다. 그러나 곧 그의 표정이 살짝 일그러졌다. 어느새 반교연의 요염한 눈이 가느다란 반달 모양으로 변한 걸 눈치챈 까닭이었다.

'내가 당했구나!'

반교연의 입술 꼬리가 치켜 올라갔다.

"당신은 역시 나한테 안 돼요."

"부인하진 않겠네."

"그럼 나한테 그만 이실직고해요! 뭘 더 말하지 않은 거죠?"

"그건 그러니까……."

"이렇게까지 됐는데도 말할 수 없다?"

"……그게 그렇게 되었네."

"뭐, 그럼 어쩔 수 없죠. 일 보고 오세요."

반교연이 퉁명스러운 표정을 지어 보이고 발랑 옆으로 누웠다. 표정이나 말투에 찬바람이 쌩쌩 불긴 하나 평소답지 않게 빠른 포기였다.

"임자, 고맙네!"

장소량이 반교연에게 얼른 고개를 주억거리고 잰걸음으로 그녀의 곁을 떠나갔다.

'날 달래지도 않고 그냥 떠나? 내가 누구 때문에 지금까지 고생을 했는데……'

반교연이 아랫입술을 꽉 깨물었다. 당장 일어나 장소량의 뒷덜미를 낚아챈 후 얼굴을 양손으로 박박 긁어줘야만 직성이 풀릴 것 같았다.

그러나 그녀는 그리하지 못했다.

핑!

갑자기 기묘한 현기증을 느낀 그녀가 입을 가볍게 벌린 채 정신을 잃었다. 완전히 정신줄을 놓아버렸다.

슥!

반교연의 곁을 떠나 얼마나 달렸을까?

구채구 일대가 내려다보이는 최정상인 황룡에 도달한 장소량의 눈에 이채가 어렸다. 황룡의 군데군데 형성되어 있는 석회암 호수 중 한 곳에 홀로 서 있는 기묘한 행색의 중년인을 발견했기 때문이다.

중원에서는 보기 힘든 복장.

손에 들려 있는 기다란 담뱃대.

당최 나이를 예측하기 어려워 보이는 용모.

명경지수와 같이 차고 맑은 석회암 호수에 비추인 달을 물끄러미 바라보고 있던 태극무검선제가 장소량에게 시선을 던졌다.

흠칫!

장소량의 작은 몸이 일순 딱딱하게 굳었다. 석상이 되었다. 처음 그와 만났을 때와 다름없이 완전히 쪼그라 붙어버렸다.

잠시뿐이었다.

곧 장소량의 표정이 편안하게 풀어졌다. 태극무검선제의 입가에 떠오른 기묘한 미소를 접하자 거짓말처럼 긴장이 해소되었다.

"늦었군."

"죄, 죄송합니다."

"뭐, 성격 드센 처를 둔 사내라면 그럴 수 있지."

"알아주시는 겁니까?"

"나도 소싯적에 비슷한 경험을 해 본 적이 있었거든."

"과연!"

장소량이 살짝 감격한 표정을 한 채 태극무검선제에게 다가왔다. 만약 꼬리가 있으면 흔들어 보였을 정도로 살가운 모습이고, 태도다.

그러거나 말거나 태극무검선제는 곰방대를 입에 물었다. 언제 불을 붙였는지 한 가닥 불꽃과 함께 짙은 연기가 입가에 감돈다.

"후우! 그래, 이젠 마음의 결정은 내린 것인가?"

"콜록! 콜록! 그것이……."

"뭐, 앞서 말했다시피 자네한테 굳이 강요할 생각은 없네. 이미 혼돈지문이 현세에 열린 이상 하늘의 이치는 한동안 인세에 작용하지 않을 테니 말일세."

"……역시 그래서 이미 천선의 반열에 오른 진 노사께서 직접 교주님께 손을 쓸 수 없는 것입니까?"

"자네, 생긴 모습과 달리 꽤나 총명하구만?"

"대충 짐작해 봤을 뿐입니다. 사실 얼마 전까지 신마성궁에서 모셨던 태상마군님에게도 같은 의문을 꽤 오랫동안 품고 있었거든요."

"그도 그렇겠군."

태극무검선제가 미미하게 고개를 끄덕여 보이곤 다시 담배를 빨았다. 고요함과 신비로움이 교차하는 황룡의 밤하늘 위로 한줄기 연기가 흡사 한 마리 용처럼 승천했다.

그 모습을 넋 놓고 바라보던 장소량이 표정을 일신했다. 얼굴에 긴장감을 담고서 극도로 조심스럽게 태극무검선제에게 말했다.

"그래서 소인은 진 노사님께 한 가지 묻고 싶습니다."

"말해 보게."

"진 노사님께서는 현재 소교주님과 함께하고 있다고 하셨습니다."

"현재로선 그 아이만이 현세에 강림한 혼돈지문을 막을 유일한 존재이거든. 물론 아주 작은 가능성 정도일 뿐이야. 내가 생각했던 것보다 빨리 혼돈지문이 열려버려서 말야."

"그럼 역시 소교주님으로 하여금 교주님을 상대하게 하시려는 거로군요?"

"그렇지."

"그게 가능하리라 생각하십니까?"

"가능하게 만들어야지. 그래서 자네의 결단이 필요한 거고 말야."

"그런 것치고는 소인을 그리 간절하게 원하시는 것 같지 않습니다만? 아니 그보다 제가 진 노사님의 명령을 거부하면 어찌하실 작정이십니까?"

"도리 없다랄까?"

"예?"

"내 예상보다 빨리 혼돈지문이 열려서 꽤 급해졌거든. 자네가 제 한 몸의 안위를 위해서 인세의 멸망을 그냥 수수방관하겠다면 나로서도 어쩔 수 없다네. 앞서 말했다시피 현재 인세에는 천의가 작용하지 않고 있거든. 그러니어서 선택하게. 인세의 멸망을 수수방관할 텐가? 아니면 마교의 배신자가 될 텐가?"

"배신자라니! 꼭 그렇게 말씀하실 것까진 없잖습니까?"

"흠, 그럼 달리 말하지. 태상마군 소리산을 죽여서 천하인을 구하는 영웅이 되시게. 그래야만 마교도 살아남을 수 있을 테니까 말일세."

"……."

장소량이 잠시 침묵했다.

그의 요청에 태극무검선제는 성실하게 임했다. 강요하지 않았다. 억압하지 않았다. 그냥 설명해줬다. 마치 자신과는 전혀 관계없는 일인 것처럼 말이다.

'뭐, 그게 천선의 반열에 오른 사람의 당연한 반응일 테지. 인간과는 이미 다른 존재니까 말야. 하지만 그건 태상마군 역시 마찬가지잖아. 그 천 년 묵은 너구리 같은 인간 말야.'

모사로서 한 번도 능가해본 적이 없던 사람.

태산같이 자신의 앞에 존재해 왔던 태상마군 소리산을 떠올린 장소량이 갑자기 결연한 눈빛이 되었다. 인간 세상을 구원할 영웅 따윈 관심이 없었다. 아예 고려의 대상조차 되지 않았다. 마도인으로서 살아온 일평생을 생각하면 그야말로 일소할 가치조차 느끼지 못할 터였다.

하지만 소리산이란 태산을 붕괴시키는 일이라면 사정이 다르다.

아주 관심이 갔다.

혹했다.

인간 세상의 운명을 건 건곤일척의 일전이란 그럴듯한 대의명분까지 걸렸다면 더더욱 그러했다.

짝!

순간 강하게 손뼉을 친 장소량이 태극무검선제에게 말했다.

"하겠습니다! 소인이 이 손으로 태상마군님을 죽여서 인간 세상을 구하겠습니다!"

"잘 생각했네. 인간 세상이 멸망해 버리면 이 좋은 담배도 구하기가 어려워지니까 말야."

"그 담배란 게 그리 좋습니까?"

"한번 피워볼 텐가?"

"예."

장소량이 태극무검선제가 내준 곰방대를 받아서 한차례 빨아 보곤 연달아 재채기를 해댔다. 얼굴이 붉어지고 눈에 눈물이 그렁한 게 담배와의 첫 체험이 그리 좋아 보이진 않는다.

태극무검선제가 그 모습을 보고 히죽 웃어 보였다. 밤의 기운이 가득한 황룡의 야천에 담배 연기가 점차 진하게 퍼져 나가고 있었다.

*   *   *

덜커덕!

맹렬한 속도로 달리고 있던 마차가 갑자기 크게 요동쳤

다. 대로를 달리던 와중에 뭔가 큰 돌부리에 걸리기라도 한 것 같다.

그래서였을까?

마차 한쪽 구석에 몸을 웅크린 채 졸고 있던 태극무검선 제가 눈을 떴다. 족히 하루가 꼬박 지나서의 일이었다.

꼬르륵!

기다렸다는 듯 그의 뱃속에서 격렬한 소리가 일어났다. 하루 동안 전혀 음식을 섭취하지 않았으니 어쩌면 당연한 일일 테다.

"배고프다아!"

"진 노사님, 기침하셨습니까?"

"배고프다니깐?"

"이걸로라도 일단 요기를 하시지요."

소진엽이 얼른 품에서 육포 한 덩이를 꺼내 태극무검선 제에게 넘겨줬다. 이런 일이 한두 번이 아니었던지 꽤나 익숙한 행동이다.

태극무검선제 역시 다르지 않다.

휙!

손가락을 가볍게 퉁겨서 육포를 받아 든 태극무검선제 가 단숨에 입에 털어 넣었다. 제법 큰 덩어리였음에도 전 혀 개의치 않는다. 볼따구가 터질 정도로 쑤셔 넣고 규칙 적으로 씹어서 목구멍으로 삼켰다.

소진엽이 문득 감탄한 듯 말했다.

"정말 대단하시군요!"

"우물, 우물…… 뭐가 대단하다는 거냐?"

"후배가 착각한 게 아니라면 진 노사님은 모든 행동을 규칙에 맞게 행사하십니다. 심지어 음식을 섭취하실 때 조차도요. 그건 역시 평상시의 삶 속에 무공 자체를 녹아들게 하기 위함이 아닌지요?"

"잘 봤다."

"역시!"

"지랄! 역시는 무슨!"

"예?"

"인석아 공자 왈 대충 늙어서 제 마음대로 하고 살아도 예에 어긋나지 않았다는 말이 있다. 그런데 네놈 눈에는 내가 공자보다 못하다고 여기는 것이냐?"

"그야…… 유교와 무공은 서로 다르니까……."

"지랄!"

다시 특유의 욕설로 소진엽의 말을 끊은 태극무검선제가 심술궂은 표정을 한 채 말했다.

"간단히 말해서 내 행동이 규칙적인 건 이 몸의 주인 녀석 때문일 뿐이다."

"적운 형 때문이란 겁니까?"

"그래. 이 몸의 주인인 적운이란 녀석은 제법 기초가 잘

잡혔지만 중간에 삿된 길에 빠졌다. 그래서 무당 무공의 순수성을 잃어버렸어. 그러니 어쩌겠느냐? 내가 잠시 머물게 된 인연으로 나쁜 기운을 씻고, 잘못된 버릇을 고쳐줄 수밖에."

"그건…… 벌모세수(伐毛洗髓) 같은 겁니까?"

"대충 그렇지."

"아!"

소진엽이 신음에 가까운 탄성을 터뜨렸다. 표정 역시 미묘해졌다.

"이 녀석이 부럽냐?"

"예."

"솔직한 놈!"

"사부님한테 그거밖에 봐줄 게 없다는 말은 들었습니다. 그래서 말인데……."

"안 돼!"

"……말은 들어 보시지요?"

"뻔한 걸 뭘 들어봐. 이놈 대신에 네놈 몸에 들어와서 벌모세수해 주라는 거 아니냐?"

"그것도 그건데……."

"왜? 네놈 사부도 대신 상대해 주고, 혼돈지문도 닫아버리라고?"

"그러면 안 될까요?"

"그럴 수 있었으면 내가 왜 귀찮게 네놈을 붙잡고 있을까?"

"안 되는 거군요."

"그래."

태극무검선제가 무심한 대답과 함께 살짝 눈에 현기를 담았다. 어느 순간 마차를 향해 다가들고 있는 일단의 무리를 간파했기 때문이다.

잠시뿐이었다.

찰나 만에 그의 눈에 깃들어 있던 현기가 사라졌다.

"뭐, 내 교육 방침은 어디까지나 대도무문(大道無門)이니, 꼼수 같은 거 부릴 생각하지 말고 다음번엔 좀 제대로 된 음식을 준비해 놓도록 해라."

"또 주무시려는 겁니까?"

"난들 이러고 싶겠느냐? 이 몸의 주인 녀석에게 문제가 발생하지 않게 하기 위해서지."

"그래도 깨신 김에 무공 지도는 좀 해 주시지요?"

"복습이나 제대로 해!"

"진 노사님…… 이런!"

소진엽이 태극무검선제를 부르다 인상을 가볍게 일그러뜨렸다. 어느새 익숙한 자세로 한쪽 구석에 고개를 처박은 그가 숙면에 빠져들었다. 경험상 이런 식으로 잠들면 족히 하루는 꼬박 지나야 깨어날 터였다.

'정말 날 가르칠 생각이 있긴 하신 건가…….'

진지한 고민이다.

태극무검선제와 함께하는 동안 그다지 배운 게 없었으니까.

하지만 지금 급한 건 그런 게 아니었다.

덜컹!

다시 마차가 진동을 일으켰고, 평소처럼 말을 몰고 있던 진여상의 살짝 긴장된 목소리가 들려왔다.

"문제가 생겼어요!"

"혼자서 상대하기 힘들겠소?"

"그게 숙녀한테 할 소리예요?"

"진 소저를 높게 평가해서 한 소리오만?"

"그 혓바닥, 확 뽑아버리고 싶네! 정말!"

히힝!

히이이이잉!

진여상의 짜증어린 목소리에 뒤이어 말들이 잇달아 울부짖음을 터뜨렸다. 무언가 장애물을 만나서 질주를 멈출 수밖에 없었음에 분명하다.

물론 이런 건 정상적인 상황은 아니다.

전혀 그렇다고 볼 수 없었다.

슥!

소진엽이 이미 깊은 숙면에 빠져 있는 태극무검선제를

한차례 일별하고 마차 문을 열었다. 진여상과 몇 마디 대화를 나누는 사이 아주 강렬한 살기가 마차 주변을 에워쌌다. 그냥 적당히 지나칠 일은 아니라고 보는 게 옳을 터였다.

'천마신교의 마물들 같은데…… 설마 멸천마후가 내가 배신했다고 생각하고 보낸 건 아닐 테지?'

진여상은 마차 주변을 에워싸고 있는 강시들을 바라보며 눈살을 가볍게 찌푸렸다.

주변의 대기를 오염시키는 지독한 독기!

인세의 것이라 할 수 없을 만큼 강렬한 살기!

항주 무림맹에서 만났던 것에 비할 바는 아니나 아주 훌륭한 마물의 특징들이다. 천마신교의 중심인 신마성궁에서도 그리 쉽사리 볼 수 없는 수준이라 할 만하다.

그러나 진여상은 그리 당황하지 않았다.

이미 항주 무림맹에서 마물이라면 질릴 정도로 상대해 봤다. 시각적으로 아무리 공포스러운 모습을 하고 있다 한들 큰 타격을 줄 수는 없었다. 직접적으로 공격해 들어오지 않는다면 말이다.

슥!

그때 마차 문이 열리더니, 소진엽이 모습을 드러냈다. 주변을 이리저리 둘러보는 게 그녀 못지않게 태연해 보인다.

'뭔가 찾는 것 같은데…….'

진여상의 생각대로였다.

소진엽은 마차를 에워싼 강시들을 이리저리 살피다 한
쪽에 시선을 고정시켰다. 입가에 어느새 흐릿한 미소가 머
물러 있다.

"하하, 날 찾아온 거냐?"

"카아!"

이 세상의 것이 아닌 것 같은 살벌한 울부짖음과 동시였
다.

휘익!

강시 떼 속에서 추레한 복색, 산발한 머리를 한 천마강
시가 신형을 날려 소진엽을 덮쳐왔다.

진여상이 놀라 소리쳤다.

"조심해요!"

"아하핫!"

소진엽은 시원스러운 대소로 그녀의 말을 받았다. 그리
고 천마강시는 어느새 그의 품에 뛰어들었다.

"카아! 카아!"

"인석, 그동안 날 완전히 잊어버리진 않았구나! 장 모사
한테 빠진 이후엔 나 따윈 본체만체하더니만…….."

"카아! 카아!"

소진엽이 장소량을 언급하자 한 마리 고양이처럼 그의 품에서 재롱을 부리고 있던 천마강시의 표정이 살짝 바뀌었다. 핏빛을 닮은 홍보석 같은 눈에 요약한 기운을 담더니 하얀 치열을 드러냈다.

"으르르르!"

"왜?"

"으르르르!"

'뭔가 있구나!'

소진엽이 눈살을 가볍게 찌푸린 것과 동시였다.

덥썩!

그의 품에 작은 몸을 말고 안겨 있던 천마강시가 갑자기 한 쌍의 날카로운 송곳니를 드러냈다. 작은 입을 놀랄 만큼 크게 벌리더니 지체 없이 소진엽의 팔뚝을 깨물었다.

"아득! 아득! 아드드득!"

"배가 고팠던 거냐?"

"아득! 아득! 아드드득!"

"그렇다 해도 이건 너무하잖아. 오랜만에 만난 주인의 팔뚝으로 배를 채우려 하다니 말야. 응?"

나직이 투덜거리던 소진엽의 눈에 갑자기 담담한 이채가 떠올랐다. 문득 자신을 올려다보는 천마강시의 눈 속에 담긴 간절함을 느꼈기 때문이다.

— 천마강시!

본래 천마대전을 지키던 사신마령과 달리 완벽하지 않았다. 제조자인 귀왕노조의 강시술이 당세제일이라곤 하나 과거의 것을 온전히 재현시키는 경지에 까진 이르지 못해서였다.

그래서 그녀는 불완전한 마물이었다.

이지는 없으나 중간중간 지극히 인간적인 감정을 드러내곤 했다. 특히 주인인 소진엽이나 하인처럼 부리던 장소량에겐 그러했다. 집착하고, 애교부리고, 지키고자 했다.

당연히 소진엽은 그녀의 이 같은 성향을 익히 알고 있었다.

자신을 애절하게 올려다보고 있는 눈빛.

이상했다.

왠지 하소연하는 듯했다.

'내게 경고하고 있는 것이냐? 위험이 닥쳐오고 있으니 달아나라고 호소하는 것이야?'

소진엽의 눈에 깃든 이채가 더욱 짙어졌다.

확신!

천마강시와 눈을 마주친 순간 마음속에 자리 잡았다. 그녀의 간절함을 마음 깊숙이 받아들였다.

그래서 그는 그 같은 마음을 바로 실천에 옮겼다.

파앗!

순간 천마강시를 하늘로 내던진 소진엽이 양손을 풍차처럼 휘저었다. 기다렸다는 듯 자신을 향해 달려들어 온 강시 떼들을 쓸어버리기 위함이었다. 하나도 남김없이 모조리 말이다.

퍽!

퍼퍽! 퍼퍼퍼퍼퍽!

"와아!"

진여상이 저도 모르게 소리 질렀다.

그럴 수밖에 없다.

소진엽을 향해 달려들어 온 강시 떼들이 단숨에 모래주머니처럼 폭발해 버리는 광경에 압도당하지 않을 수 없었으니까.

'소교주…… 정말 강하잖아!'

익히 소문은 들었다.

신마무적성이 신마대제 담대광의 후계자이자 태극무검선제의 절학을 이은 천하무쌍의 마도기재라고.

하지만 실제 만난 소진엽은 그동안 꽤나 볼품없었다. 항주 무림맹에서 담대광에게 당하고, 태극무검선제에게 빌빌대며 세월을 보냈다. 어디에서도 신마무적성이란 위세 비슷한 것도 발견하지 못했다.

그래서 그동안 살짝 얕잡아 보기까지 했건만…….

갑자기 일으킨 눈앞의 위세!

그야말로 폭풍, 그 자체나 다름없었다.

여태까지 진여상이 경험했던 최고위의 대마웅들과 비교해도 결코 꿀리지 않아 보였다. 흡사 사람 자체가 달라진 것 같았다. 그만큼 강렬한 존재감의 발현이었다.

잠시뿐이었다.

곧 진여상의 표정에 깃들어 있던 감탄의 기색이 공포로 바뀌었다. 안색 역시 하얗게 탈색되어버렸다.

'으악! 진짜 멸천마후가 여기에서 나타나는 거야!'

그렇다.

품 안의 천마강시를 하늘로 던지고, 자신을 향해 일제히 달려든 강시 떼를 소진엽이 단숨에 쓸어버린 것과 동시였다.

번쩍!

천공에서 한줄기 빛의 기둥이 떨어져 내렸다. 정확하게 소진엽을 노리며 직격했다. 멸천마후 천기신혜가 천녀처럼 하늘을 즈려밟으며 날아와 멸신백병도를 펼친 것이다.

꿈틀!

소진엽이 내심 눈살을 찌푸렸다. 그가 강시 떼를 쓸어버린 건 태극무한신공이었다.

마찬가지랄까?

역시 극성이라 할 수 있는 천마초절예 중 하나인 멸신백병도에 태극무한신공은 자연스럽게 반응을 보였다.

팟!

순간 소진엽의 손이 하늘로 치켜 올라갔다.

머리로 생각한 게 아니다. 몸이 곧바로 움직임을 보였다. 체내에 이미 극한에 가까울 정도로 활성화되어 있던 태극무한신공이 맹렬한 원 운동을 일으키며 멸신백병도에 맞서갔다.

그로 인해 일시 소진엽의 전신을 휘감은 거대한 룬형!

아니다.

그것보다는 건곤(乾坤)이다.

땅과 하늘의 기운이 현세에 현신해서 두 마리 용(龍)처럼 서로를 물어뜯으려 했다. 각자의 꼬리와 꼬리를 깨물기 위해 맹렬하게 회전했다.

그렇게 만들어진 거대한 태극(太極)!

천지를 쪼갤 듯 떨어져 내린 멸신백병도의 빛기둥에 맞서간다.

저항한다.

옆으로 밀어내 버린다.

쾅!

굉음과 함께 소진엽이 서 있던 바로 옆 자리에 거대한

구덩이가 형성되었다.

그리고 뒤집힌 소진엽의 좌수(左手)!

땅을 향한다.

마찬가지로 하늘로 치켜 올려진 우수(右手)!

역시 작은 태극을 만들며 대기를 잡아당긴다. 회전시킨
다. 퉁겨낸다. 폭발적인 기력을 쏟아 낸다.

그러자 능공허도(凌空虛渡)의 절기로 하늘에 뜬 채, 재
차 멸신백병도를 일으키고 있던 천기신혜의 시선이 흔들렸
다. 그리고 다급한 신음이 터져 나왔다.

"헉!"

소진엽은 개의치 않았다.

그의 쌍수가 다시 회전을 일으켰다.

태극무검선제에게 근래 전수받은 태극무한신공의 심결
중 하나인 신수(神手)!

"악!"

천기신혜가 비명과 함께 소진엽에게 딸려들었다. 이미
그녀의 멸신백병도는 거진 와해되어버리고 말았다.

하지만 그것도 잠시뿐.

흔들!

곧 공중에서 늘씬한 몸을 한차례 회전시킨 그녀의 발이
현란한 변화를 일으켰다. 반월형을 닮은 강기를 단숨에 수
십 개나 날렸다. 소진엽의 상반신 전체를 휘감아 버렸다.

— 신마군림보 제삼절! 군림마존각(君臨魔尊脚)!

꿈틀.

이번엔 소진엽의 미간 사이에 작은 골이 패였다.

그가 익히 아는 절기다.

사부 담대광에게 죽도록 얻어맞아 가며 익힌 신마기였다.

'근데, 나보다 훨씬 낫잖아!'

그렇다.

실제 천기신혜의 군림마존각은 완벽했다. 어떤 면에선 사부 담대광이 직접 시범을 보이는 것 같았다.

그 점이 소진엽의 명경지수(明鏡止水)같던 마음을 흔들었다.

작은 흐트러짐을 일으켰다.

퍼퍽! 퍽!

연달아 천기신혜의 족강에 얻어맞은 소진엽이 뒤로 주춤거리며 물러났다. 그러자 하늘에서 빙글 회전한 후 고양이처럼 바닥에 떨어져 내린 천마강시가 흉성을 폭발시켰다.

"카아!"

"미물 따위가!"

천기신혜가 자신을 향해 달려든 천마강시를 날파리 쫓
듯 한 손으로 잡아 내동댕이쳤다.

"키잉! 키잉!"

천마강시가 바닥에 널브러진 채 낑낑거렸다. 천기신혜
의 간단해 보이는 동작에 깃든 게 멸신백병도였기 때문이
다.

그 사이 다시 태극무한신공을 안정시킨 소진엽이 말했
다.

"멸천마후, 당신의 상대는 이쪽이오!"

"호오?"

천기신혜가 살짝 눈웃음을 짓더니, 입가를 가린 면사를
팔랑거렸다.

"과연 소문대로 마도인답지 않게 정이 헤픈 녀석이로구
나! 소성녀뿐 아니라 이따위 인성도 갖추지 못한 미물한테
도 관심이 많은 걸 보니 말야."

"어찌 내가 멸천마후를 앞에 놓고 정을 논할 수 있겠
소?"

"그건 무슨 뜻이지?"

"후배 된 입장으로 전대 비사에 대해 논하는 건 예의가
아니라고 생각하오."

"흥! 건방지게 말은 잘하는구나."

차갑게 코웃음과 함께 천기신혜가 천마강시를 억누르고

있던 멸신백병도를 거둬들였다. 소진엽이 자신과 담대광 간의 비사를 알면서도 입에 담지 않은 것에 대한 보답이었다.

소진엽이 말했다.

"궁금한 게 있소."

"내가 어떻게 네놈이 있는 곳을 알았냐고?"

"그렇소."

소진엽이 순순히 대답하자 천기신혜가 다시 면사를 가볍게 팔랑거리며 마차 쪽에 시선을 던졌다.

"진여상, 수고했다!"

마차 바퀴에 몸을 숨기고 있던 진여상이 겁에 질린 표정으로 말했다.

"제, 제가 뭘……."

"네 덕분에 이놈이 있는 곳을 수월하게 찾을 수 있었다. 그다지 기대는 하지 않았는데 꽤 잘해 주었어."

"……아!"

진여상이 황당한 기색을 지어 보이다 가볍게 탄성을 토해냈다. 그제야 멸천각을 떠나기 전 천기신혜에게 당했던 대법을 떠올린 것이다.

"……."

소진엽이 자신에게 연신 양손을 휘저어 보이는 진여상을 한차례 곁눈질하곤 천기신혜를 바라봤다.

사실 진여상과 함께하는 동안 이 같은 일은 충분히 대비하고 있었다.

배신과 모략이 판치는 마도!

갑자기 등 뒤에서 칼을 찔린다 한들 그리 놀랄만한 일은 아니었다. 특별히 우정을 나눈 사이도 아니지 않은가.

그가 진짜 궁금한 건 '방법'이 아니라 '이유'였다. 어째서 천기신혜는 지금 이 시점에 홀로 자신을 찾아온 것일까 말이다.

'게다가 그녀는 첫 번째 암습 이후 그다지 공격을 재개할 생각이 없어 보인다. 날 제거하기 위해 수천 리 길을 달려온 게 아니란 뜻일 터. 그렇다면 생각할 수 있는 변수는…… 그런 것일 테지?'

내심 염두를 굴린 소진엽이 입가에 흐릿한 미소를 떠올렸다.

"멸천마후, 헤어진 사이 고생이 많았던 것 같소."

"그건 또 무슨 의미지?"

"시치미 뗄 필요 없소. 내가 신마성궁을 떠나기 전 태상마군은 이미 멸천마후를 비롯한 천마신교의 반도들을 제거할 마음을 품고 있었으니까 말이오."

"생각보다 솔직한 아이로구나."

"내가 본래 좀 그렇소."

진여상이 토하는 표정을 지어 보였고, 천기신혜는 미미

하게 고개를 끄덕였다.

"그렇다면 대화가 수월하겠구나. 단도직입적으로 묻겠다. 너는 태상마군을 따를 작정이더냐?"

"그럴 생각은 없소. 하지만 그는 성녀를 붙잡고 있소."

"그래서 그의 명령에 계속 따르겠다는 것이냐?"

"내가 사부님께 하명받은 유일한 명령이 성녀를 찾아서 보호하란 것이었소. 제자 된 도리로 어찌 따르지 않을 수 있겠소?"

"그 사부란 자는 지금 제정신이 아닌 것 같은데?"

"그런 건 내겐 큰 문제가 되지 않소."

"그렇군."

다시 고개를 끄덕여 보인 천기신혜가 화제를 바꿨다.

"내가 듣기로 네 녀석은 태극무검선제의 전인이기도 하다고 했다. 방금 전에 펼친 그 무공이 태극무검선제의 것일 테지?"

"그렇소."

"그럼 정파 녀석들을 함부로 죽이기 힘들겠구나?"

"상황에 따라 다르오."

"호호, 그 다른 상황이 어떨지 궁금하구나."

나직한 미소의 여운이 끝나기도 전이었다.

슥!

갑자기 신형을 돌린 천기신혜가 공중으로 날아올랐다.

나타날 때와 마찬가지로 홀연히 자취를 감춰버린 것이다.

＊　　　＊　　　＊

한 떼의 승(僧), 도(道), 속(俗) 무리!

대략 삼백여 명쯤 되어 보이는 무리는 제각기 진(陣)을 친 채 산속에 은신해 있었다.

은밀하게 흘러넘치는 긴장감. 살기. 혼란⋯⋯.

그 모든 것들이 승도속 무리를 이끌고 있는 한 명의 여승, 노도사, 붉은 장포 차림의 중년 무인에게 집중되어 있었다. 각자 무리의 수장인 그들의 명령에 따라 삼백여 명의 무리가 집결했기 때문이다.

— **청성파의 태광자!**
— **아미파의 불장선검 정원 사태!**
— **당가의 천리수(千里手) 당비결!**

각기 청성파, 아미파, 당가를 대표하는 세 사람은 사천 정의련에서도 요직을 맡고 있는 초절정 고수였다. 사천 무림에서는 정파 십이세에 속한 독존 당만중과 천학진인을 제외하면 고개를 숙일 자가 드문 형편이었다.

당연히 그들이 이끌고 온 세 무리의 무인들 역시 사천정

의련의 최정예였다. 단지 삼백여 명에 불과했으나 전력만
으로 보면 웬만한 대문파를 압도할 수 있을 터였다.

그런데 이만한 전력이 암습을 위해 은신해 있다니!

설사 소문이 난다 해도 믿을 자가 없을 터였다. 말도 안
되는 헛소리로 치부당할 터였다.

태광자가 씁쓸한 표정을 지어 보였다.

"주황태을! 어쩌다 우리가 이런 꼴이 되었더란 말인
고……."

"독존 연맹주님과 천학진인, 아미 장문인께서 적의 수중
에 붙잡혀 있으니 어쩔 수 없지 않겠습니까?"

"그것부터가 일어나선 안 될 일이지 않겠소이까?"

"그렇지요! 분명 그렇습니다!"

정원 사태가 씁쓸한 표정으로 고개를 끄덕여 보였다. 그
녀 역시 근래 사천정의련과 자파에 떨어진 날벼락에 정신
이 절반쯤 날아가 있었기 때문이다.

그때 두 사람과 몇 걸음 떨어져 주변을 면밀히 살피고
있던 당비걸이 조심스럽게 말했다.

"두 분 선배님, 신호가 왔습니다!"

"주황태을!"

"아미타불!"

각자 도호와 불호를 내뱉은 태우자와 정원 사태가 당비
걸이 가리키고 있는 손끝을 바라봤다.

— 하늘 높이 떠오른 연꽃 문양의 연!

약속대로의 모양이다.

사천을 대표하는 그들이 사천정의련의 최정예를 이끌고 은신을 풀 때가 되었다. 정파인으로서의 자존심을 내버린 암습을 위해서 말이다.

144장

다시 신마(神魔)의 대지로!

검은 방립.

검은 무복.

그리고 한 손에 쥐어진 묵검.

천마신교를 대표하는 패왕혈검단의 단주 철무정이 문득 얼굴을 가리고 있던 방립의 챙을 치켜 올렸다.

'과연 태상마군님의 혜안대로 멸천마후는 사천정의련을 수중에 넣었구나! 적이지만 실로 대단한 여걸이로다!'

처음엔 반신반의했다.

그에게 있어 태상마군 소리산은 교주 담대광의 위기를 방임한 자였다. 언제든 소교주 소진엽의 적이 될 수도 있는 자였다.

그래서 신중을 기할 수밖에 없었다.

그러나 신마비천광 이후 소교주 소진엽이 신마성궁을 떠났고, 그를 따르던 신진 세력 대부분이 소리산에게 넘어 갔다. 거짓말처럼 순식간에 깃발을 갈아타 버린 것이다.

이후 서서히 패왕혈검단에게 좁혀 들어오기 시작한 압박!

철무정은 결정할 수밖에 없었다.

소진엽이 돌아올 때까지 계속 신마성궁에서 버티거나 떠나거나.

그는 후자를 선택했다.

소리산의 명령을 수행한다는 명분을 내세워 패왕혈검단 전원을 이끌고 신마성궁을 떠났다. 사천으로 곧바로 출행 해 줄곧 사천정의련의 동향을 살피고 있었다.

그러다 사흘 전부터 변화가 시작되었다.

천하 무림 전체를 휘감은 풍운 속에 정중동을 지키고 있 던 사천정의련이 그 무거운 몸을 움직였다. 사천 각지에 있는 문파들에 비상 연락망을 가동시키고 각 문파의 고수 급들이 성도로 집결했다. 사천정의련에도 드디어 풍운이 감돌기 시작했다는 의미일 터.

철무정은 이에 기민한 움직임을 보였고, 오늘 눈앞에서 벌어지고 있는 광경에 경탄하고 말았다. 반신반의했던 소 리산의 말 대로 모든 사태가 흘러가고 있었기 때문이다.

'하지만 어째서 태상마군은 소교주님의 안위에 이리 큰 관심이 있는 것일까? 제자라 할 수 있는 교주님의 생사가 걸린 숭산혈전에서조차 침묵을 지켰던 분이거늘…….'

생각할수록 의혹은 깊어져만 간다.

그래서 철무정은 머릿속에서 사유의 흐름을 끊어 버렸다.

그는 무인이다.

무인으로 태어났고, 살아왔고, 죽을 사람이었다.

모사들의 복잡한 사정은 모른다.

관심조차 없었다.

그렇게 앞으로 향해 돌진할 뿐이었다. 바로 지금처럼.

슥!

문득 손을 가볍게 치켜 올린 철무정은 휘하에 도열해 있는 패왕혈검단에게 나지막한 목소리로 명령했다.

"일제 돌격!"

"하!"

뒤따른 대답은 강렬했다. 그리고 신생 패왕혈검단이 첫 번째 전투를 위해 일제히 하늘로 뛰어올랐다.

목표는 사천정의련의 배후!

암습을 위해 은신해 있다고 여기던 사천의 패자들의 뒤통수를 후려갈길 작정이었다. 단주 철무정과 자신들의 주인인 소진엽을 지키기 위해서 말이다.

　　　　　*　　　*　　　*

　갸웃!

　소진엽의 품에 안긴 채 고르륵거리고 있던 천마강시의 붉은 눈이 하늘로 향했다.

　그녀의 홍채에 보이는 연꽃 문양!

　그리고 멀찍이 떨어진 절봉 쪽에서 연달아 터져 나온 파공성에 소진엽이 눈살을 가볍게 찌푸려 보였다.

　'이런 것이었나?'

　멸천마후 천기신혜!

　그녀의 갑작스러운 퇴장은 소진엽에게 많은 혼란을 일으켰다. 자신이 원하는 것을 얻지 못했으니 사뭇 특별한 뒤끝을 기대해도 좋을 터였기 때문이다.

　"우아아!"

　"우아아아아악!"

　"크악! 크아아아악."

　"으아악! 으아아아악!"

　조금 이상하다.

　소진엽의 예상과는 조금 다른 식으로 상황이 전개되고 있었다. 잇단 파공성과 함께 처절한 비명성이 바람을 따라 날아들었다. 흡사 피를 피로 씻는 전쟁터를 연상시키게 하는 소음들의 향연이었다.

뿐만 아니다.

곧 자욱한 피 내음이 뒤따라 날아들었고, 천마강시가 민감한 반응을 보이기 시작했다.

"카아! 카아아!"

"안 돼!"

"카아!"

"안 된다고 했다!"

단호한 소진엽의 말에 천마강시가 시무룩한 표정이 되었다. 놀랍게도 마물 중의 마물인 그녀가 피 냄새의 유혹을 떨쳐버린 것이다.

슥!

그때 마차 지붕 위로 뛰어오른 진여상이 눈매를 살짝 가늘게 만들고서 말했다.

"에헤? 우리 대신 싸워 줄 사람들이 잔뜩 나타났잖아!"

"그렇게 신 날 일은 아닌 것 같소만?"

"왜?"

진여상이 진짜 함박웃음이 깃든 얼굴을 한 채 소진엽을 바라봤다. 그가 한 얘기를 이해하기 힘들다는 표정이다.

소진엽이 품 안의 천마강시의 머리를 쓰담쓰담하며 말했다.

"멸천마후쯤 되는 사람이 이런 전개를 예측하지 않았을

리 없으니까."

"아!"

진여상이 탄성을 발한 것과 동시였다.

휘익!

갑자기 소진엽의 품을 벗어난 천마강시가 진여상에게 날아들었다. 그녀의 품으로 돌진했다.

"카아!"

"으아!"

천마강시와 진여상이 거의 동시에 오만상을 찌푸렸다. 어째서 이런 꼴이 되었는지 둘 다 짐작조차 할 수 없다는 표정이었다.

잠시뿐이었다.

곧 그들의 시선이 맹렬히 한 방향으로 쏠렸다.

슥!

소진엽이다.

어느새 하늘로 치솟더니, 유성이 무색할 속도로 싸움터로 떠나가는 그의 행방을 무의식적으로 뒤쫓았다.

정중동이랄까?

여태까지 미동조차 하지 않던 그가 드디어 움직였다.

태풍!

맹렬한 폭풍이 기다리고 있음을 쉽사리 짐작할 수 있을 터였다. 적어도 진여상은 그렇게 생각했다.

하지만 천마강시에겐 무리다.

그녀가 떠나가는 소진엽을 향해 구슬프게 울부짖었다. 오랜만에 만난 주인과의 갑작스러운 이별에 거세게 몸부림 쳤다.

"카아! 카아! 카아아아아!"

　　　*　　　*　　　*

퍽! 퍽! 퍽! 퍽!

피가 튀었다. 살이 튀었다. 뼈가 쪼개져 날아갔다. 검붉은 피의 폭풍이 일어났다.

일검일살(一劍一殺)!

칠흑 같은 검광이 대기를 가를 때마다 사천정의련의 정예는 비명과 함께 쓰러졌다. 자신의 몸에서 쏟아져 나온 핏물 위로 무너져 내렸다. 순식간에 싸늘한 주검이 되어버렸다.

저벅! 저벅! 저벅!

그렇게 형성된 죽음과 피의 폭풍 속을 철무정은 걸어갔다. 수중의 묵검을 휘둘러서 죽음을 쌓아나가고 있었다.

당연히 그의 목표는 단 하나!

바로 사천정의련의 수뇌부가 집결해 있는 중심부였다. 산 아래로 돌격해 내려오던 사천정의련 정예들을 패왕혈검

단으로 요격하게 한 후, 홀로 중심부로 침투해 들어온 것
이다.

이야말로 마천대전 당시 철무정이 가장 좋아하던 싸움
방식! 마검혈풍영의 싸움 방식이었다!

"마, 마검혈풍영!"
"마검혈풍영이 다시 사천에 나타날 줄이야!"
신음에 가까운 목소리.

한이 서려 있으면서도 뭔가 두려워하는 표정을 동시에
드러낸 건 태광자와 정원 사태였다. 그들은 모두 젊은 시
절 마천대전을 경험했던 인물이었기에 사천을 피바다로 만
들었던 철무정에 대해 누구보다 잘 알고 있었다.

당비걸이 눈살을 찌푸리며 말했다.

"마검혈풍영이라면 마교의 인물이 아닙니까?"

"주황태을! 마교에서도 고위급에 속한 대마두일세. 삼십
여 년 전 벌어진 정천대전 당시 무수히 많은 사천의 정영
들이 저자의 손에 목숨을 잃었지."

"그렇다면 이건……."

잠시 말끝을 흐리던 당비걸의 얼굴에 살기가 깃들었다.
불현듯 깨닫는 바가 있었기 때문이다.

"……역시 마교의 악도들이 이번 일의 배후였던 것으로
군요! 이로써 모든 사실은 명약관화해진 것입니다!"

"분명 현 상황만으로 본다면 그렇긴 하네만……."

"확실합니다! 그렇지 않다면 어찌 이 순간에 마교의 악
적인 마검혈풍영이 본련의 정영들을 공격하겠습니까?"

"……."

갈수록 단호해지는 당비걸의 말에 태광자가 입을 다물
었다. 그러자 곁에 서서 양 떼 속에 뛰어든 한 마리 늑대
같은 철무정의 모습을 예의 주시하고 있던 정원 사태가 나
직한 불호와 함께 말했다.

"아미타불! 아무래도 우리가 나서야 할 것 같습니다. 본
련의 정예라 할지라도 마검혈풍영을 상대하기란 결코 쉬운
일이 아닐 테니까요."

"제가 나서겠습니다!"

당비걸이 대뜸 목청을 높이자 태광자가 눈에 신광을 담
고 말했다.

"빈도가 함께하겠네."

"빈니 역시 곧 뒤따르겠습니다."

"두 분까지 나서실 필요까진……."

태광자와 정원 사태가 동시에 목청을 높였다.

"마검혈풍영이란 이름은 충분히 그럴 가치가 있다네!"

"마검혈풍영을 쉽사리 생각해서는 안 됩니다!"

"……."

당비걸이 살짝 놀란 기색으로 입을 다물었다. 청성파와

아미파를 대표하는 절정 고수인 두 사람이 이렇게까지 나올 줄은 몰랐기 때문이다.

그러나 그것도 잠시뿐.

곧 표정을 일신한 그가 두 사람에게 정중하게 고개를 숙여 보이고 전장을 향해 신형을 뽑아 올렸다. 예의를 표한 후 자신의 뜻을 직접 관철시키기 위해 나선 것이다.

"주황태을!"

"아미타불!"

태광자와 정원 사태가 각기 도호와 불호를 터뜨렸다.

허를 찔렸다.

이렇게 당비걸이 독단적으로 나설 줄은 몰랐다.

하지만 곧 서로 간에 시선을 마주친 두 사람 역시 당비걸의 뒤를 따랐다. 그의 독단적인 행동이 마음에 들진 않았으나 어쩔 수 없는 선택이었다. 향후 사천정의련의 운명이 이 한 번의 결전으로 결정될 거란 걸 알고 있었으니까.

파스스스슷!

공간을 가로지르는 암기의 속도는 소리를 능가할 만큼 빨랐다. 청각의 영역을 뛰어넘는 속도로 수십 장이나 되는 공간을 뚫고 날아왔다.

게다가 회전 역시 걸려 있다.

이리저리 흔들린다.

청각을 뛰어넘고, 시력까지 농락한다.

그렇게 놀라운 변화와 속도를 겸비한 채 묵검과 하나가 된 채 일대 도살극을 벌이고 있던 철무정에게 날아왔다. 그의 상반신 전체를 노리며 살기를 있는 대로 드러냈다.

그러나 다음 순간 상황이 바뀌었다.

채앵!

묵검이 역으로 된 사선을 그리며 치켜 올려졌다.

암기를 퉁겨냈다.

간단히 처리해 버렸다.

그러자 사방으로 산란을 일으키며 회전을 일으키기 시작한 암기!

아니다.

착각이었다.

산란하기 시작한 것은 암기가 아니라 그 파편이었다. 단숨에 수십 개로 분화된 암기의 조각들이 기괴한 변화를 일으키며 철무정의 머리 위로 쏟아져 내렸다.

여름철 갑자기 만난 우박!

꼭 그런 느낌이었다. 그렇게 철무정의 뒤통수를 쳤다.

스파앗!

하나 그때 다시 묵검이 움직였다.

한차례의 회전!

그리고 맹렬하게 앞으로 쪼개낸 일격!

"우왁!"

연속해서 암기를 던지며 철무정에게 파고들던 당비걸이 비명을 터뜨렸다. 자신에게 천리수란 명예로운 별호를 만들어 줬던 성명절학 천리폭우비(千里暴雨匕)의 파편에 전신이 꿰뚫린 채 온몸에서 피 화살을 쏟아 냈다. 철무정이 펼친 단 두 차례의 검격에 당가를 대표하던 십대 고수 중 한 명인 그가 절명하고만 것이다.

풀썩!

그렇게 당비걸이 바닥에 무너져 내렸다.

온몸에 피 칠갑을 한 채 철무정에게 달려들었던 여태까지의 사천정의련 정예와 같은 꼴이 되었다.

그러자 뒤늦게 당비걸의 뒤를 따라온 태광자와 정원 사태가 참담한 표정으로 도호와 불호를 내뱉었다.

"주황태을!"

"아미타불!"

촌각지간에 불과했다.

고작해야 일수유도 지나지 않았다.

그런데 자신들과 어깨를 나란히 하던 당비걸은 철무정의 묵검에 싸늘한 주검으로 변해 버렸다. 고통스러운 심경과 더불어 서늘한 공포가 두 사람의 뇌리를 스쳐 가지 않을 수 없었다.

'과연 마검혈풍영이로구나! 오히려 과거 정천대전 때보

다 더욱 무서워졌어!'

'이 자를 과연 우리 두 사람이서 막아낼 수 있을까? 자신 없구나! 자신이 없어!'

그때 철무정이 자신의 묵검의 혈조에 깃든 핏물을 바닥에 가볍게 뿌리고 말했다.

"당가에 이어 청성파와 아미파의 잡졸들이 나섰다는 건 이번 습격이 사천정의련 전체의 의견이라 생각해도 된다는 뜻일 테지?"

태광자가 안색을 굳혔다.

"마검혈풍영이 이곳에 있다는 건 마교가 다시 사천 침공에 나섰다고 봐도 무방한 것일 테지요?"

"사천 침공?"

철무정이 반문과 함께 입가에 냉소를 담았다.

"흥! 마천대전 당시 사천의 제문파들은 교주님의 자비로 멸문지화를 면했었다. 사천정의련 따위를 피로 씻는데 본교의 이름까지 필요할 거라 생각하는 것이냐?"

"주황태을! 마검혈풍영은 여전히 광오하시구려! 빈도가 금일 귀하에게 삼십여 년 전의 은원을 풀고자 하외다!"

"아미타불! 빈니 역시 마찬가지예요! 시주와 본파 간의 은원이 바다같이 깊으니 강호에서의 도의는 잠시 묻어 두도록 하겠어요!"

철무정이 합공할 뜻을 분명히 한 태광자와 정원 사태를

향해 냉정하게 말했다.

"주절주절 말이 많구나! 싸움은 입이 아니라 검으로 하는 것이다!"

"헉!"

"앗!"

순간, 묵검과 하나가 된 철무정이 파고들자 태광자와 정원 사태가 동시에 비명을 터뜨렸다. 설마하니 이렇게 급작스럽게 공격을 감행할 줄은 몰랐기 때문이다.

그러나 그들 역시 청성파와 아미파를 대표하는 절정 고수다.

미리 대비 역시 하고 있었다.

스슥!

파팟!

태광자가 자신의 검에 검강을 일으켰다.

정원 사태 역시 특기인 난피풍검법의 절초를 연달아 펼쳐냈다.

마치 처음부터 약속이라도 했던 것 같다.

그렇게 손을 잡고서 철무정의 갑작스러운 공격에 대적해갔다.

하나 어느새 묵영추월보로 분신하기 시작한 철무정.

태광자와 정원 사태의 검이 헛되이 허공을 가로질렀다. 그가 만들어낸 그림자만을 베어낼 뿐이었다.

그때 다시 움직인 묵검!

묵검참영!

태광자가 베어낸 그림자 속에서 튀어나와 그의 허벅지를 찌른다.

"크헉!"

묵검탈혼난비!

그대로 철무정과 함께 회전하며 정원 사태의 난피풍검법의 변화를 압도적인 변화로 분쇄한다. 그것도 더욱 강력한 기력을 담아낸 채로 말이다.

"악!"

태광자의 반신이 무너져 내리고, 정원 사태는 안색이 시커멓게 변해 황급히 뒤로 물러섰다. 당비걸이 당했던 것과 그다지 다르지 않은 꼴이다.

당연히 철무정이 그것만으로 만족했을 리 없다.

스스슥!

그의 묵영추월보가 더욱 빛을 발했다.

순식간에 더욱 많은 그림자를 만들어 내며 태광자를 덮쳐갔다. 부상당하고 약한 자를 먼저 공격하는 사냥의 철칙에 따른 움직임이었다.

"주, 주황태을!"

태광자가 도호와 함께 검을 치켜 올렸다. 죽음의 검은 그림자가 자신을 덮쳐 옴을 직감한 것이다.

"아, 안 돼!"

정원 사태는 목구멍까지 치솟아 오른 핏덩이를 꿀꺽 삼키고 태광자를 구원하기 위해 철무정의 배후를 향해 검을 날렸다. 그렇게 하지 않고선 태광자를 살릴 수 없다는 판단이었다.

창!

그러나 이 역시 철무정에겐 아무런 소용이 없었다.

그의 묵검이 반원을 그렸고, 정원 사태가 날린 비검은 요란한 소음과 함께 공중으로 날아올랐다.

퍽!

그와 함께 내쳐진 철무정의 족퇴!

"크악!"

태광자의 상처 입은 다리뼈를 분질러 버린다. 그를 비참하게 바닥에 주저앉혀 버린다.

파앗!

그리고 신형을 가볍게 띄워 올린 철무정.

묵천사일!

묵검이 일순 커다란 환영을 일으키며 하늘을 가리는 듯싶더니, 쏜살같은 속도로 떨어져 내렸다. 다소 거리가 떨어져 있던 정원 사태의 미간 사이를 노리고 정확하게 파고들었다.

"악!"

정원 사태가 저도 모르게 비명을 토하며 눈을 감았다.

이미 검을 잃어버린 상황!

일시 시야까지 캄캄해지자 정신이 혼미해져 버렸다. 무공은 고강하나 불문의 제자답게 이와 같은 생사투를 많이 경험해보지 못한 허점을 그대로 드러내고 만 것이다.

캉!

하지만 그때 다시 반전이 일어났다.

철무정이 펼친 회심의 묵천사일이 중간에 방향을 틀었다. 죽음을 예감하고 눈을 감았던 정원 사태의 미간을 촌분가량 남긴 채 옆으로 흘러내렸다.

당연히 그것만으로 끝일 리 없다.

퍽!

실패로 돌아간 묵천사일을 회수함과 동시에 공중에서 신형을 회전시킨 철무정의 왼발이 정원 사태의 단전을 걷어찼다. 기사회생한 그녀의 반격을 사전에 방지하기 위함이었다.

"헉!"

정원 사태가 바닥을 나뒹굴었다. 부지불식간에 당한 일격에 변변찮은 반응조차 보이지 못했다.

스스슥!

그러거나 말거나 철무정은 그녀에게서 오히려 간격을 벌렸다. 묵영추월보 중 가장 자신하는 변화를 펼쳤다. 방금 전 자신의 묵천사일을 방해했던 기괴한 기운의 주인이 곧 도착할 것임을 직감하고 있었기 때문이다.

'방금 전의 기운, 내 묵천사일의 변화를 정확하게 파악하고 찔러 들어왔다! 그렇다는 건 나에 대해 잘 알고 있다는 것일 터이니…….'

철무정의 눈에서 서늘한 안광이 번뜩였다.

대충 짐작 가는 바가 있었다.

확인 역시 곧 이뤄졌다.

쩌릉!

순간 철무정이 물러선 공간 위로 눈부신 전광이 떨어져 내렸다. 직격했다.

당연히 그것만으로 끝일 리 없다.

쾅!

대지에서 진동이 일어난 것과 동시에 아수라장이나 다름없던 주변의 환경에 순식간에 반전이 일어났다. 서로가 서로를 죽이기 위해 칼날을 날려대며 뒤엉켜 있던 사천정의련과 패왕혈검단 모두가 움직임을 멈춰버린 것이다. 흡사 보이지 않는 어떤 거미줄에 옭아매어 진 것처럼 말이다.

슥!

그렇게 형성된 거대한 침묵의 공간 속으로 소진엽이 떨어져 내렸다.

"······소교주님!"

"주, 주황태을!"

"아미타불!"

철무정, 태광자, 정원 사태가 거의 동시에 소진엽을 바라봤다. 각기 차이가 있을 뿐 경악의 감정을 그대로 드러냈다. 무림을 대표할 정도의 고수인 그들조차 현 상황을 제대로 파악하기 힘들었다. 소진엽이 어떻게 아수라장이나 다름없던 전장을 순식간에 평정할 수 있었는지 짐작조차 할 수 없었다.

가장 먼저 평정심을 회복한 건 철무정이었다.

스슥!

얼른 소진엽에게 다가온 그가 부복한 채 말했다.

"속하, 철무정이 소교주님을 뵈옵니다!"

"그동안 철 단주의 무공이 한결 일취월장(日就月將)했군요."

"소교주님께 비할 수 없는 미미한 성취일 뿐입니다."

"흠."

소진엽이 철무정에게 고개를 한차례 끄덕여 보이고 주변을 둘러봤다. 태극무검선제에게 전수받은 후 처음으로 사용한 태극무한신공의 비밀 심결의 위력을 확인하기 위함이었다.

'진 노사님께서 가르쳐주신 심결 중 이 진동(振動)은 신수만큼이나 쓸 만한걸? 일부러 사정을 봐준 철 단주를 제외하곤 아무도 움직이지 못하고 있는 걸 보니 말야. 앞으로 집단전을 치를 때 종종 써먹어야겠구나.'

— 신수, 진동, 동조(同調), 심의(心意), 명멸(明滅)…….

사부 담대광이 전수해 준 태극무한신공에서 종종 언급되었으나 짐작조차 할 수 없던 심결이다. 오랫동안 소진엽의 진전을 가로막아 왔던 골치 아픈 장벽이었다.

그러나 태극무검선제를 만난 후 완벽하게 해결되었다.

확실하게 이해하게 되었다.

그중 하나인 진동으로 사천정의련과 패왕혈검단 모두를 제압한 소진엽은 내심 마음이 흐뭇했다. 멸천마후를 상대로 사용했던 신수의 실패로 받았던 마음의 상처도 어느 정도 치유되는 듯싶었다.

잠시뿐이었다.

곧 소진엽은 입가에 얼핏 떠오른 미소를 지웠다. 여전히 멸천마후가 펼친 마수에 자신이 얽어 매여져 있다는 걸 자각한 때문이었다.

슥!

그가 정련 사태에게 다가갔다.

"사태, 날 기억하시오?"

"시주는 강남문파연합에서 사천정의련에 파견되었다 던……."

"거짓말이었소."

"……그, 그렇다면 마교도겠구료?"

"그렇소. 나는 천마신교의 소교주인 신마무적성 소진엽 이라 하오."

"아, 아미타불!"

정련 사태가 당혹스러운 불호성을 토해냈다. 내심 예측 하긴 했으나 심적인 타격이 너무 극심했다. 전날 아미파를 비롯한 사천정의련은 소진엽에게 적지 않은 도움을 받았 다. 그런데 정파의 신성이라 여겼던 그가 근래 마교 신세 력의 구심점이라고 일컬어지는 신마무적성일 줄이야.

소진엽이 고개를 저어 보였다.

"사태, 지금 전날의 은원을 따지고 싶진 않소. 지금 우 리는 공통의 적을 상대해야하는 형편이니까."

"공통의 적이라 함은……."

"멸천마후 천기신혜! 아마 사천정의련이 갑자기 본교의 내부 항쟁에 끼어든 건 그녀에게 약점을 잡혔기 때문일 것 이오. 그렇지 않소?"

"……."

"내 진의를 의심할 필요는 없소. 믿긴 어렵겠지만 나는 신교의 소교주임과 동시에 태극무검선제의 전인이니까 말이오."

"태, 태극무검선제라고 하셨소이까?"

"물론이오."

소진엽이 대답과 동시에 태극무한신공을 일으켰다. 정련 사태에게 동조를 걸어서 자신의 속내를 있는 그대로 전달했다. 그렇게 해야만 그녀의 의심을 빠르게 해소시킬 수 있다는 판단을 내린 까닭이다.

그러자 정련 사태의 입이 절로 벌어졌다.

그럴 수밖에 없었다.

짧은 순간, 소진엽과 동조된 그녀는 그가 그동안 겪었던 무수히 많은 사연들을 한꺼번에 전해 받았다. 깊은 감정상의 공감까지 느낄 수 있었다. 평생 처음으로 자신이 아닌 타인을 있는 그대로 받아들이게 된 것이다.

그렇게 얼마나 지났을까?

문득 소진엽과의 동조에서 벗어난 정련 사태가 깊은 한숨과 함께 태광자를 설득하기 시작했다. 사천정의련과 사천 무림의 미래를 위한 중대 결정을 내려야만 했기 때문이다.

＊ ＊ ＊

근래 보기 드문 맑은 하늘.

문득 하늘 위로 치솟아 오른 몇 줄기 녹색 폭죽을 눈으로 확인한 천기신혜가 눈살을 가볍게 찌푸려 보았다.

'태상마군 소리산, 과연 대단하구나! 내 판단을 여기까지 예측해서 미리 소교주에게 패왕혈검단을 보냈을 줄이야! 하지만 내겐 아직 승패를 무(無)로 돌릴 한 가지 방법이 남아 있다!'

자신만이 알고 있는 최후의 패!

천마신교를 중심으로 하는 천하 마도계를 한꺼번에 붕괴시킬 수 있는 악마의 계책을 떠올리며 천기신혜가 눈을 빛냈다. 상대가 마도 천 년간 최고의 책사라 불리는 소리산이었기에 철저하게 준비했고, 결국 실패하고 말았다. 철저할 정도로 짓밟혀서 완패를 당했다.

하지만 그것조차 예상하고 있었다.

충분히 그럴 수 있을 거라 생각해 놨다.

그래서 악마의 계책을 마련해놨다.

천하가 공멸하더라도 반드시 천마신교와 소리산을 한꺼번에 박살낼 최후의 패를 마련해 놓은 것이다.

그리고 지금이 바로 그걸 사용할 때였다.

더 이상 늦출 수 없었다.

팟!

천기신혜가 그 같은 생각과 함께 소매를 가볍게 펄럭였다. 품속에 가둬놨던 전서응에게 자유를 돌려줬다. 커다란 날개를 펄럭거리며 하늘로 날아오르게 했다.

삐이이이!

전서응이 순식간에 천기신혜로부터 멀어져갔다.

대륙의 북쪽!

아마 지금쯤 장성을 출발했을 대병력을 기다리고 있을 황천의 젊은 지배자를 향해서 말이다.

"슬슬 나도 이젠 움직여야겠구나……."

여운이 느껴지는 중얼거림과 동시였다.

팟!

다시 손을 들어 보인 천기신혜의 배후로 대여섯 명의 인영이 모습을 드러냈다.

— 당가의 독존 당만중, 용두독심 이매릉, 독군자 당세군, 청성파의 천학진인, 그리고 아미파 장문인 신니(神尼) 정청(淨淸) 대사태까지…….

사천정의련의 중심!

사천과 운남 일대를 아우르는 정파의 기둥이자 주축인 초고수들이 집결했다. 하나같이 총기를 잃어버린 눈을 하고서 천기신혜의 배후에 모습을 드러낸 것이다.

이유는 자명하다.

천기신혜에게 확실하게 금제를 당했음이다.

그녀의 명령에 능히 목숨을 버릴 수 있는 꼭두각시가 된 것이었다. 과거 귀마 매종경이 그녀의 마호가 된 것처럼 말이다. 그들은 현재 충실한 그녀의 종복이었다.

하지만 그것만으론 부족했던 것일까?

화악!

일순 천기신혜의 전신에서 검은 기운이 일어나 자신의 종복인 마호들을 휘감았다.

그리고 검은 기운은 곧 지옥의 불꽃으로 화했다.

치직!

치지지지지지지지직!

순식간에 마호들의 전신을 불태웠다. 얼굴과 손발을 불꽃 속에서 일그러지게 만들었다. 한 덩이 검은 불꽃으로 변화케 했다.

아지랑이처럼 일렁이는 마화(魔火)!

마호와 그들의 주인인 천기신혜의 영육을 하나로 잇는다.

생명력, 그 자체가 되었다.

어떤 강력한 힘으로도 끊어버릴 수 없게 만들었다. 마치 지옥유부의 악마와 계약을 맺은 것처럼 말이다.

"쿨럭!"

천기신혜가 기침을 터뜨렸다.

입가를 가리고 있던 하얀 면사에 점점이 핏방울이 번져

간다. 그녀와 마호들의 영육을 하나로 만든 마심마화멸신공의 마지막 경지, 마화영육전이를 무리하게 시전한 대가다. 마호들에게 나눠준 생명력만큼 진원지기가 깎여버린 것이다.

하나 그것도 잠시뿐.

곧 평소와 다름없이 강하고 아름다운 눈빛과 기세를 회복한 천기신혜와 마호들이 동시에 하늘로 떠올랐다. 마치 한 몸이 된 것처럼 검은 마화에 휩싸인 채로 말이다.

목표는 십만대산!

아직 끝나지 않은 태상마군 소리산과의 싸움이 기다리는 신마(神魔)의 대지였다.

* * *

카아!

천마강시가 갑자기 하늘을 올려다보며 울부짖자 마차의 어자석에 몸을 기대고 있던 진여상이 눈살을 찌푸렸다.

'망할 마물 년! 개새끼도 아니고, 왜 하늘을 올려다보며 짖고 지랄이람?'

처음 봤을 때부터 썩 마음에 들지 않았다.

밉살맞았다.

소진엽을 보자마자 찰싹 앵기는 게 아주 짜증 났다. 태어날 때부터 뇌왕진천가를 이어받을 소가주로 키워진 터라 사내에게 애교를 부리는 여자 따윈 질색이었다.

그러나 곧 그녀의 표정이 바뀌었다.

천마강시가 갑작스러운 울부짖음이 뜻하는 바를 뒤늦게 눈치챘기 때문이다.

번쩍!

느닷없이 마차로 떨어져 내린 검은색 뇌전!

세상이 두 조각으로 나뉘는 듯하다.

그런 엄청난 기세를 진여상은 순간적으로 느꼈다. 죽음, 그 자체와 갑작스레 직면해 버린 것이다.

"헉!"

입이 절로 벌어진다.

비명조차 터뜨릴 겨를이 없었다. 그냥 느닷없이 다가온 죽음을 받아들여야만 했다.

쩍! 쩌쩍!

아니다.

그런 일은 벌어지지 않았다.

진여상이 입을 벌린 것과 동시에 하늘에서 떨어져 내린 검은색 뇌전이 바닥을 통타했다. 목표로 했던 마차를 앞두 뉘더니 거짓말처럼 바닥에 떨어져 내렸다. 흡사 일부러 마차를 피한 것처럼 말이다.

'도, 도대체 무슨 일이 벌어진 거야?'

진여상이 반쯤 얼어붙어 내심 소리 질렀을 때였다.

쉬아아아악!

잠시 하늘 한켠을 뒤덮었던 검은 그림자가 빠르게 사라져갔다. 검은 벼락을 하나 떨군 후 뒤도 돌아보지 않고 꽁무니를 빼어버린 것이다.

덜컥!

그리고 열어 젖혀진 마차의 문.

"지, 진 노사님?"

"아함! 요즘 후배 녀석들은 버릇이 없어도 너무 없어."

"예?"

"먹을 것 좀 남았나?"

기지개를 끝낸 태극무검선제의 질문에 진여상이 이맛살을 찌푸렸다. 그가 여태까지와 마찬가지로 자신의 질문에 대답할 마음이 전혀 없다는 걸 깨달았기 때문이다.

카아!

그때 천마강시가 구슬픈 비명과 함께 바닥에 쓰러졌다. 자신이 쏟아 낸 검붉은 핏물 속에 무너져 내렸다.

'뭐야! 저 마물 년은 또 왜 저래!'

진여상이 내심 빽 소리 질렀다.

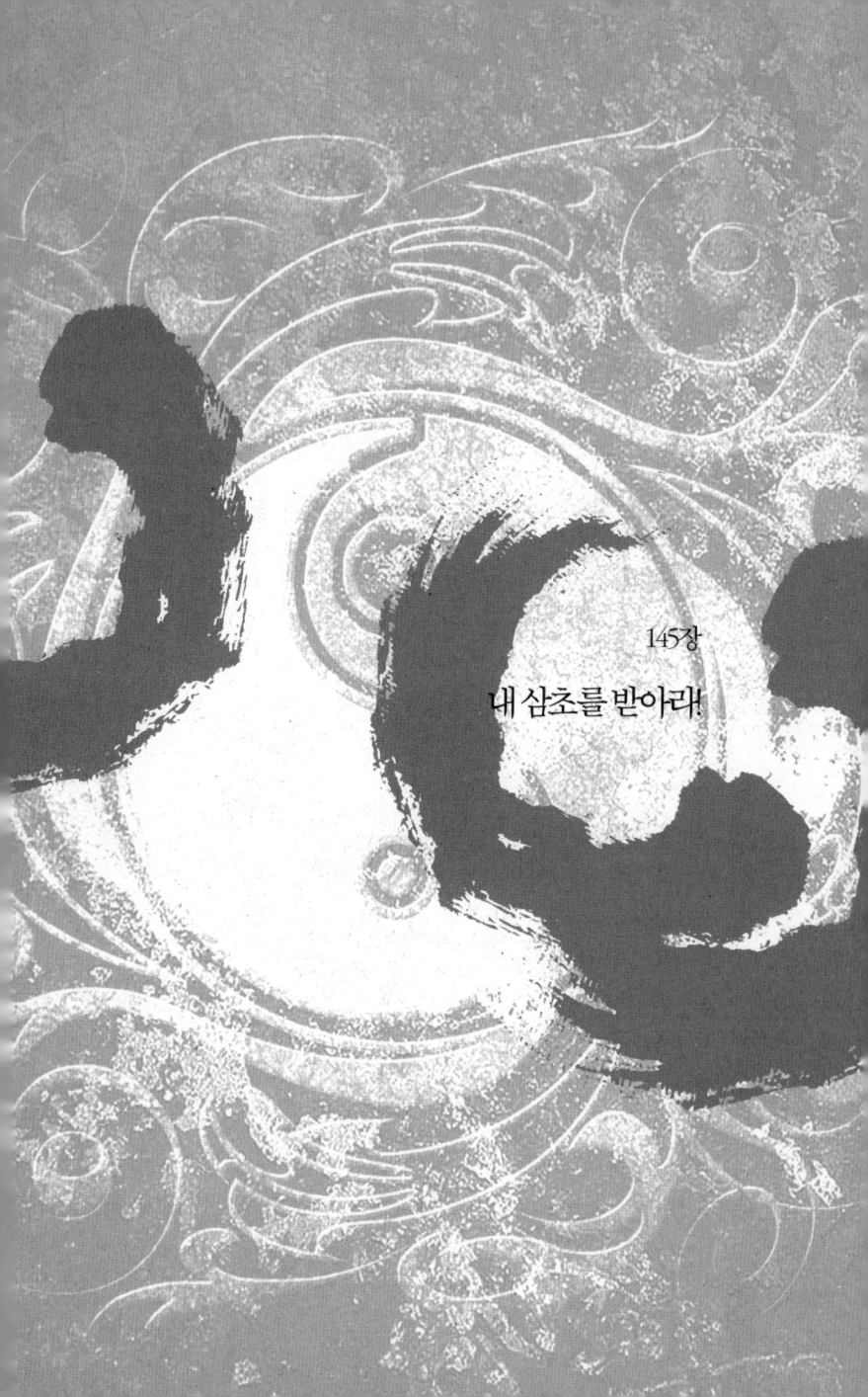

145장

내 삼초를 받아라!

밤.

낮 동안의 벌어진 처참한 혈전의 영향을 지우기라도 하려는 듯 검은 장막이 온 천지를 뒤덮었다.

세상이 온통 뒤바뀐 것만 같다.

여태까지 아무런 일도 없었던 것 같은 착각마저 일으킨다.

그 정도로 주변은 그야말로 정막만이 감돌고 있었다. 그리고 그 위로 무심하게 떨어져 내리고 있는 교교한 달빛.

"끄응! 끄응!"

소진엽이 문득 자신의 품에 안겨 신음하고 있는 작은 생명체를 내려다봤다.

소녀.

대략 대여섯 살가량 되었을까?

가냘픈 몸매에 작은 육신은 고통으로 헐떡이고 있었다.

당장에라도 숨이 끊길 듯 가쁜 숨을 내뱉으며 소진엽의 품에 자꾸만 파고들었다. 오로지 의지할 수 있는 거라곤 자신을 안고 있는 강건한 팔뚝과 단단한 가슴밖엔 없는 것처럼 그리했다.

"아프냐?"

"*끄응! 끄응!*"

"나도 아프다!"

"*끄응! 끄응!*"

신음하는 소녀를 다정하게 내려다보고 있는 소진엽의 곁으로 진여상이 다가와 인상을 쓰며 말했다.

"그 마물 년, 아직 안 뒈졌나요?"

"강한 아이요. 쉽사리 죽을 리 없지."

"쳇!"

진여상이 더욱 인상을 쓰며 혀를 찼다.

그녀는 진심으로 소진엽의 품에 안겨 있는 소녀가 빨리 죽기를 바랐다. 본래부터 마음에 들지 않았던 소녀가 갑자기 더욱 나약하고 의존적인 모습으로 변화한 게 진심으로 짜증 났기 때문이다.

소녀!

다름 아닌 천마강시였다.

하늘에서 마차를 노리며 떨어져 내린 검은색 번개에 스친 후 이렇게 변해 버렸다. 바닥에 피를 웅덩이가 될 만큼 토한 후 곧바로 빈사 상태에 빠져들었다. 만약 당시 마차에서 내린 태극무검선제가 손을 쓰지 않았다면 즉사를 면치 못했으리라.

'망할 진 노사! 세상의 이치를 거슬러서 존재하는 마물년 따위, 그냥 죽게 내버려둘 것이지……'

내심 투덜거리고 있는 진여상에게 소진엽이 담담한 눈빛을 던졌다.

"내게 무슨 볼일이오?"

"이제 어찌하실 생각이시죠?"

"그야……"

"설마 계속 그 마물 년 따윌 간호하면서 시간을 보내실 생각은 아니실테지요? 그렇다면 저는 이만 소교주님과 작별을 고해야 할 것 같습니다!"

"……단도직입적이군."

"그만큼 뇌왕진천가는 현재 절박한 상황이에요. 태상마군님과 멸천마후, 그리고 소교주님 사이에서 일족이 멸문당하지 않기 위해서 말이에요."

"확실히!"

천천히 고개를 끄덕여 보인 소진엽이 품의 천마강시의

이마를 가볍게 손가락으로 짚었다.

단순해 보이는 동작!

그러나 문득 느껴진 엄청난 역도에 진여상은 저도 모르게 뒤로 물러섰다. 어느새 몸 전체에 소름까지 오돌도돌하니 돋아났다.

'소교주, 그 사이 더욱 강해졌구나!'

내심 경악하던 진여상의 눈에 이채가 어렸다. 여전히 소진엽의 품에 안겨 있던 천마강시가 축 늘어져 있는 모습이 심상치 않았기 때문이다.

"소교주님 설마……."

"가사상태에 들어가게 만들었을 뿐이오. 그리고 이렇게 하면……."

"……앗!"

진여상이 자신도 모르게 비명을 터뜨렸다. 갑자기 말을 멈춘 소진엽이 가사상태에 빠뜨린 천마강시를 땅속에 쑤셔 박아 버렸기 때문이다. 전날 사부 담대광이 그 자신에게 행했던 대로 말이다.

소진엽이 담담하게 말했다.

"……그렇게 볼 필요 없소. 천마강시의 부상을 회복하기 위해 그녀가 본래 있었던 장소로 돌려보냈을 뿐이니까."

"그건 또 무슨 말씀이시죠?"

"강시란 본래 땅에 스며든 인간의 백(魄)이 머무는 그릇이오. 그러니 실제론 대지에 속한 정령(精靈)이라 할 수 있을 것이오."

"그러니 땅속으로 돌려보내서 대지의 기운으로 그녀를 치료를 하겠다는 건가요?"

"그렇소. 마침 이 부근의 대지는 근래 많은 인간의 피를 빨아들이고, 혼(魂)과 분리된 백(魄)이 스며들어 있으니 그녀에겐 최고의 치유처일 것이오."

"하지만 진짜 이런 식으로 그녀가 치유될 수 있을까요?"

"모사재인(謀事在人) 성사재천(成事在天)이라 했소. 내가 그녀에게 해줄 수 있는 일은 여기까지일 것이오."

"냉정하시군요."

"그러게 말이오."

쓰게 웃어 보이는 소진엽의 표정을 잠시 바라보던 진여상이 한숨과 함께 화제를 바꿨다.

"그럼 이제 걸림돌은 사라졌군요?"

"아직 하나 남았소."

"그건…… 설마?"

"그 설마요. 멸천마후에게 사천정의련의 수뇌부가 몽땅 넘어간 게 확실한 이상 그들은 그녀의 명령을 계속 거역할 수 없을 것이오."

"그렇다면 선수를 쳐야겠군요."

"선수?"

"제가 뇌왕열화병단을 부를 테니, 소교주님께서는 철 단주를 불러서 패왕혈검단을 집결시켜주세요."

"뇌왕열화병단과 패왕혈검단만으로 사천정의련을 칠 셈이로군?"

"저희 뇌왕진천가는 사천정의련과 꽤 여러 번 싸웠어요. 그들의 전력 정도는 충분히 꿰뚫고 있으니, 수뇌부가 비어 있는 현 상황이라면 필승을 자신할 수 있어요. 물론 철 단주의 패왕혈검단의 도움이 필요하겠지만요."

"그건 불가하오."

"그들에게 뒤치기를 당할 수도 있어요!"

"그럴 수도 있겠지."

"그런 위험조차 감수하겠다는 건가요?"

"나는 태극무검선제의 후계자니까."

"……."

"물론 현재 사천정의련을 이끌고 있는 자들에게 그렇다는 것이오. 그들은 후일 내가 천마신교를 장악하는데 꽤 훌륭한 조력자가 되어 줄 것이오."

"정파의 힘으로 신교를 치겠다는 건가요?"

"그러면 안 되란 법이라도 있나?"

"그런……!"

"만약에 대한 대비요. 태상마군과 멸천마후는 그만큼 강적이니까. 그리고 우리는 현재 진 노사님과 함께하고 있소. 진 소저는 그분의 이목을 피해서 사천정의련을 칠 자신이 있소?"

소진엽이 시선을 힐끔 마차 쪽에 던지자 진여상이 이맛살을 찌푸려 보였다. 평상시처럼 저녁밥을 먹은 후 마차에 들어가 나올 줄 모르는 태극무검선제를 떠올리자 저절로 머리가 아파왔다.

— 초월자!

혹은 인세에 결코 등장해선 안 되는 괴물이 바로 태극무검선제였다. 무당파 제자 적운의 몸을 덮어쓰고 있으나 그 능력은 어떤 초고수조차 따르지 못했다. 최소한 진여상이 아는 최강의 고수인 태상마군 소리산이나 멸천마후 천기신혜와 동급은 될 성싶었다.

그래서 납작 엎드렸다.

그의 눈치를 살피고, 감히 눈 밖에 나지 않으려 노력했다.

강자존! 약자멸!

그녀가 태어난 마도의 철혈율을 거슬러선 안 된다는 판단이었다. 소교주 소진엽에게 고개를 숙인 것과 마찬가지의 이유로 말이다.

'하지만 과연 소교주가 이 시점에서 사천정의련을 치지 않는 이유가 그것뿐일까?'

의혹!

스멀거리며 머릿속 한켠을 차지한다.

소진엽을 만난 날부터 줄곧 잠재되어 있던 의구심이 고개를 바짝 치켜 올렸다. 그의 확실치 않은 사승관계와 함께.

슥!

그때 소진엽이 신형을 일으켜 세웠다.

"소교주님?"

"나는 지금부터 두 번째 걸림돌을 제거하러 갈 생각이오."

"어떻게?"

"뻔하지 않소?"

소진엽이 다시 마차 쪽에 시선을 던지자 진여상이 입을 가볍게 벌렸다. 그의 의도를 뒤늦게 깨달은 것이다.

*　　*　　*

덜컥!

소진엽이 문을 열고 마차 안에 들어서자 건장한 몸을 둥

글게 만 채 누워 있던 태극무검선제가 눈을 떴다.

"으아함! 늦구나! 늦어!"

'설마 내 의도를 간파하셨던 건가?'

소진엽이 내심 눈에 이채를 발하고, 정중하게 고개를 숙여 보였다.

"진 노사님, 기침하셨습니까?"

태극무검선제가 용케도 몸을 모로 틀어 소진엽을 바라보며 고개를 잘래잘래 흔들어 보였다.

"썩을 놈! 지 놈이 강제로 잠을 깨워놓고 의뭉스레 점잖을 떠는 꼴이 가관이로구나!"

"제가 본래 좀 그렇습니다."

"속내는 숨기지 않겠다?"

"진 노사님께 그런 짓은 의미가 없다는 걸 알고 있으니까요."

"역시 잔대가리 하나는 쓸 만하구나."

슥!

퉁명스러운 한마디와 함께 태극무검선제가 또다시 기묘하게 신형을 틀어 자세를 바로 했다.

그리고 고개를 쑥 내밀자 어느새 소진엽의 바로 코앞!

숨결조차 닿을 만한 거리다.

그렇게 그와 시선을 맞댄 태극무검선제가 히죽 웃어 보였다.

"뭐, 나쁘지 않군."

"모두 진 노사님의 가르침 덕분입니다."

"그보다는 좋은 사부를 둔 덕분일 테지. 기초가 착실하게 잡혀 있어서 생각보다 빠르게 태극무한신공의 진수를 받아들였어."

'그건 아닌 것 같은데…….'

소진엽이 사부 담대광을 떠올리며 내심 거부의 의사를 분명히 했다.

그와 함께 한 지난날!

참으로 고생스러웠다. 결코 쉽지 않았다. 엄밀히 말해서 여태까지 살아남아 있는 게 용하다고 할 수 있었다.

그러나 눈앞의 태극무검선제는 어디까지나 사부 담대광의 부친이다. 팔이 안으로 굽는다고 그의 앞에서 정직한 본성을 드러낼 필요는 없을 터였다. 후일 무슨 일이 생길지 알 수 없으니까 말이다.

태극무검선제가 말했다.

"어떻더냐? 실전에 사용해보니 제법 쓸 만한 무공이지?"

"쓸 만한 정도가 아니라 놀라운 위력이었습니다. 진 노사님께 가르침을 받기 전, 저는 전혀 멸천마후의 상대가 되지 않았으니까요."

"지금은 자신 있고?"

"최소한 지지는 않을 거라 생각합니다."

"그 정도로는 부족할 터인데?"

"부족합니다. 하지만 현재로선 이게 최선이란 것도 압니다."

"모자라면 모자란 데로 써먹겠다는 뜻이렸다?"

"여태까지 그렇게 살아왔으니까요."

"흥! 참으로 실용적인 성격이로다!"

나직이 냉소한 태극무검선제가 고개를 한차래 까닥해 보이고 말했다.

"뭐, 됐고! 그래, 이 늙은이한테 뭘 부탁하려는 거냐?"

"사천정의련을 맡아 주십시오."

"사천정의련?"

"예, 그들의 멸망을 막아주십시오."

"내가 인세의 일에는 직접 끼어들 수 없다고 했을 터인데?"

"저한테 한 것처럼 간접적으로 힘을 써주시는 것으로 충분합니다."

"짙은 협잡의 냄새가 느껴진다만?"

"본래 제가 그런 걸 잘합니다."

"푸헐!"

언제 냉소했냐는 듯 파안대소를 터뜨린 태극무검선제가 눈을 어린애처럼 반짝이며 말했다.

"뭐, 일단 들어 보기나 하자."

"감사합니다."

"미리 그런 짓 해봐야 소용없으니, 얼른 협잡의 내용이나 말해봐!"

"예."

소진엽이 대답과 함께 다시 정중하게 허리를 숙여 보이고 자신의 계획을 빠르게 늘어놨다. 중간중간 태극무검선제에게 적당히 떡밥을 뿌리는 것도 잊지 않았다. 그와 함께하는 동안 평범하지 않은 성격의 단편을 어느 정도는 파악할 수 있었기 때문이다.

그렇게 설명이 거진 끝나가고 있을 때였다.

짝!

갑자기 박수를 친 태극무검선제가 히죽 웃어 보였다.

"재밌겠구만."

"그리해 주시겠습니까?"

"까짓거. 하지 뭐. 대신!"

"대신?"

살짝 긴장한 얼굴이 된 소진엽에게 태극무검선제가 불쑥 얼굴을 들이밀었다. 표정이 상당히 얄궂다.

"내 삼초를 받아내 보거라!"

"삼…… 초입니까?"

"그래, 내 삼초를 받아내면 기꺼이 네놈이 말한 대로 사천정의련의 어린 아해들을 적당히 주물러 놓아주마."

"절대 사천 땅을 떠나게 해선 안 됩니다."

"그러지."

"어쩌면 상당한 무력을 발휘하셔야만 할 수도 있습니다."

"그런 거야말로 내 전문 분야이니라."

"받아들이겠습니다!"

어느 때보다 크게 대답한 소진엽이 번개같이 뒤로 신형을 띄워 올렸다. 발끝을 가볍게 뒤틀어서 지축을 박차고 하늘로 뛰어오른 것이다.

제운종?

아니다.

첫 동작만 그러했다.

곧 그의 신형이 잇달아 몇 차례나 변화했다. 제운종 속에 유운신법을 섞는가 싶더니 잇달아 상이한 움직임을 보였다.

— 신마군림보!

사부 신마대제 담대광의 신법이다. 그에게 전수받은 천마신교의 신마절기로서 태극무검선제를 상대하려한 것이다.

꿈틀!

그러나 문득 신마군림보의 변화 속에 몸을 실었던 소진엽의 안면 근육이 가벼운 경련을 일으켰다.

피잇!

기다렸다는 듯 뺨을 스쳐 간 한 가닥 기경!

등골이 서늘해진다.

온몸의 신경이 올올이 일어선다. 얼음으로 된 송곳에 후벼 파헤쳐진 것만 같다.

'사신(死神)이 이미 가까이다! 뒤돌아보는 순간 끝이다!'

이런 느낌.

과거 꽤나 많이 느껴봤다.

머리가 아니다.

오감이 아니다.

태극무검선제의 가르침에 따라 태극무한신공의 진수를 깊이 체득하며 이룬 천지합일이 그리 일러줬다. 인간으로선 결코 도달할 수 없는 육감의 영역에서 그렇게 결정을 내렸다.

그렇다면 시간을 끌 이유가 없다.

변화는 바로 직전이다.

툭!

소진엽이 공중에 뜬 상태, 그대로 신마군림보 변화의 핵심이라 할 수 있는 왼발을 가볍게 비틀었다.

변화의 파괴!

쉽사리 이룰 수 있었을 리 없다.

온몸이 뒤틀린다.

목뼈와 어깨뼈, 척추로 떨어져 내리는 일직선이 무너졌다. 몸의 형태가 갑자기 기괴하게 변해 버렸다.

마치 세상에 존재해선 안 될 것 같은 형상!

그렇게 자신을 변화시키고서야 소진엽은 신마군림보를 천마경천보(天魔驚天步)로 바꿨다.

핏!

그러자 기다렸다는 듯 공간을 가로지른 한줄기 기경!

순간적으로 대기를 얼려버린다.

서늘한 살기로 천지를 가득 메워버린다.

만약 적중하기라도 했다면 이미 금강불괴지체를 뛰어넘어 불사지체에 가까워진 소진엽이라해도 생사를 장담키 어려웠으리라.

"이건 너무 심하시잖습니까?"

"이 정도로?"

"헉!"

소진엽이 언제 불평을 터뜨렸냐는 듯 재빨리 신형을 회전시켰다. 분명 자신을 지나쳐간 기경이 갑자기 나비처럼 너풀거리며 방향을 바꿔버렸기 때문이다.

패애애앵!

당연히 그 정도로 끝일 리 만무하다.

소진엽은 천마경천보를 제운종으로 바꿔서 대기의 흐름에 몸을 맡긴 채 양손을 번개같이 움직였다. 찰거머리같이 자신을 따라붙는 기경의 방향을 어떻게든 틀어놓기 위함이었다.

번쩍!

그러자 또다시 변화한 기경!

이번에는 번개다.

그것도 마른하늘에 떨어진 날벼락이었다.

소진엽의 수장에서 뻗어 나간 성마지존검과 조우한 기경은 삽시간에 수십 가닥으로 분산되었다. 푸른 전광을 쏟아 내며 사방으로 폭발했다. 날카로운 뇌극이 되어 소진엽에게 쏟아졌다.

"으헉!"

소진엽이 입을 가볍게 벌렸다.

이번에는 툴툴거림이나 불평 따윈 입에 담지도 못했다. 그럴 만한 여유가 없었다. 진짜 다급해졌기 때문이다.

팟!

그가 손을 활짝 펼쳤다.

기경을 노리던 성마지존검의 모양을 바꿨다. 날카로운 검극을 방패로 변화시켰다.

— 일보강산경(一步强散勁)!

항상 지축 위에 발을 내디딘 상태에서 펼치곤 하던 일보
단천지로다. 갑작스러운 기경의 변화에 가장 몸에 익은 사
부 담대광의 무공을 펼치고 만 것이다.

쾅!

천지가 진동했다.

기경이 변화한 분뢰와 소진엽의 일보강산경이 정면에서
충돌하며 벌어진 현상!

쾅! 쾅! 쾅!

그리고 그에 못잖은 굉음이 연이어 터져 나왔다. 일보강
산경과 맞붙은 분뢰의 가닥들을 소진엽이 일보파산경의 회
전으로 맞받으며 벌어진 현상!

대기를 휘몰아치는 초고속의 회전!

용권풍(龍捲風)이 인다.

소진엽을 중심으로 거대한 풍룡이 똬리를 틀며 울부짖
었다.

그러나 그것 역시 한계는 명확.

용권풍의 중심부에 위치해 있던 소진엽의 신형은 분뢰
와의 충돌을 거듭하며 천천히 바닥으로 떨어져 내렸다. 점
차 공중에서 버티고 있을 기력을 잃어가기 시작한 때문이
다.

쾅!

그렇게 땅에 추락했다.

분뢰의 공세를 견뎌내다 그리되었다.

찰나뿐이다.

뒹굴!

순간 지축에 발을 디딘 소진엽이 재빨리 바닥을 굴렀다.

새로운 무학의 이치?

그딴 게 아니다.

그냥 무학을 익히기 전의 자신.

낙양의 뒷골목을 전전하던 시절의 본능을 되살린 움직임이었다.

당연히 그것 역시 잠시뿐.

팟!

지축에 발을 디딘 소진엽의 신형이 일순 고무줄처럼 늘어났다.

착각이다.

곧 길게 늘어났던 소진엽의 신형이 삼 장 밖에 모습을 드러냈다.

일보삼장세!

그다음은 공중으로 뛰어오르며 회전을 보인다.

자오원앙각!

발그림자로 천지를 휘저어 놓는다. 그렇게 자신의 전신

을 수백 개가 넘는 각영으로 가둬버린다.

핏!

그때 예의 기경이 다시 소진엽을 향해 날아들었다. 어느새 수백 가닥으로 나뉘었던 뇌극들이 하나로 합쳐져 대기를 가로지르며 따라온 것이다.

"아, 좀!"

소진엽이 비명을 터뜨리며 기경을 향해 수장을 뻗어냈다. 은연중 잔뜩 모아 놓고 있었던 성마지존검의 검기!

파팟!

불꽃이 튀어 올랐다.

기경과 성마지존검의 두 번째 충돌!

처음과는 결과가 다르다.

흔들!

한차례 신형을 휘청거렸을 뿐 소진엽은 미동조차 하지 않았다. 다른 수 따윈 아예 생각하지 않고서 기경을 정면에서 받아냈다는 의미다.

팟!

그러자 거짓말처럼 사라진 기경.

"하!"

소진엽이 탁한 한숨을 토해낸 순간 하늘 위에 둥실 떠올라 있던 태극무검선제의 목소리가 들려왔다.

"일초!"

"일초?"

소진엽이 어처구니없다는 표정이 되어 태극무검선제를 올려다봤다. 절대 용납할 수 없다는 자신의 의지를 전달하기 위함이었다.

핏!

태극무검선제는 곰방대를 입에 문 채 자신의 의지를 관철시켰다. 처음과는 비교조차 할 수 없을 정도로 강력해진 기경을 쏟아 내는 것으로 말이다.

"으아아!"

소진엽이 비명을 터뜨렸다.

손발을 바삐 놀리는 걸 잊지 않고서 그리했다. 이런 곳에서 죽어버릴 순 없었으니까.

*   *   *

"으아아!"

멀리서 들려오는 비명 소리에 진여상이 흠칫 놀란 기색이 되었다.

움찔!

오랫동안 단련되어 온몸이 뒤이어 반응을 보인다.

대지에 붙어 있던 발바닥.

그 중심인 용천혈로부터 일어난 작은 기운이 매끈한 종

아리를 타고 빠르게 올라온다.

허벅지. 둔부. 가슴.

그리고 빠르게 쇄골을 거쳐서 순식간에 손가락 끝까지 전달되었다.

전의의 고양!

아주 완벽한 임전 태세의 확립이다.

하지만 단지 그것뿐.

곧 진여상의 인상이 살짝 굳어졌다. 갑자기 기혈이 역류하는 걸 느꼈기 때문이다.

주화입마?

'말도 안 돼!'

순간적으로 뇌리 속에 떠오른 가능성을 진여상이 얼른 외면했다. 머릿속에서 지워버렸다.

몸의 기억이다.

오랫동안 단련해 왔던 절정의 무인이 가진 느낌이다.

지금 이 순간!

그런 일이 자신에게 벌어질 만한 이유가 없음을 명확하게 인지한 것이었다.

'그럼 어째서 이런 일이 벌어진 것이지? 설마 음공(陰功)에라도 당한 것일까?'

두 번째 가능성 역시 진여상은 얼른 외면했다.

마비된 몸에서 역류하는 기혈.

그 흐름을 빠르게 따라잡고 있었다.

찬찬히 관조했다.

불분명한 몸의 이변을 반드시 바로잡겠다는 의지였다.
부친 진강이 죽음으로 지켜낸 자신의 몸을 결코 포기할 수
없었기 때문이다.

그렇게 얼마나 지났을까?

팟!

어느새 눈까지 반개를 하고서 뒤틀린 기혈의 흐름을 관
조하고 있던 진여상의 전신에서 강렬한 기운이 방출되었
다.

강기다.

독문절기인 마신마강기가 격렬한 파고를 만들어 냈다.
그녀의 주변을 삽시간에 거대한 불꽃의 장벽으로 둘러쳤
다.

마비 역시 풀렸다.

언제 손가락 하나 까딱할 수 없었냐는 듯 진여상은 완전
무결하게 본래의 무공을 회복했다.

"도대체 이게 무슨……."

진여상이 눈살을 찌푸리며 중얼거리다 입을 가볍게 벌
렸다. 갑자기 어둠만이 머물러 있던 야천을 가로지르며 떨
어져 내린 푸른색 뇌전을 발견했기 때문이다.

쾅!

당연히 이후엔 천지를 뒤흔드는 굉음이 덮쳐왔다.

엄청난 기세로 푸른색 뇌전이 떨어져 내린 장소로부터 꽤나 멀리 떨어져 있던 그녀를 향해 밀려들어 왔다. 무지막지한 압력을 동반한 채 말이다.

"……망할!"

진여상이 욕설을 내뱉으며 이미 발동해 있던 마신마강기에 자신의 전력을 집중시켰다.

그럴 수밖에 없다.

평생 경험한 것보다 훨씬 심각한 생명의 위기를 느끼고 있었으니까.

한데 상황이 또다시 바뀌었다.

순간 어둠을 밀어내며 그녀를 향해 밀어닥치던 끔찍한 압력이 흔적도 없이 사라졌다.

소멸했다.

마치 처음부터 존재조차 하지 않았다는 듯이.

잠깐뿐이다.

곧 또 다른 변화가 모습을 드러냈다.

출렁!

이번에는 야천이 아니다.

땅이다.

그녀가 단단히 두 다리를 딛고 서 있던 지축이 요동치기 시작했다. 마치 요란한 태풍을 맞이한 대해와 같이 위, 아래로 격렬하게 흔들거렸다. 그리고 다시 사방으로 이리저리 갈라지고 뒤틀려갔다.

"이번엔 지진이냐!"

진여상이 질렸다는 표정으로 소리 지르며 신형을 공중으로 띄워 올렸다. 어느새 입을 있는 대로 벌린 대지의 이빨에 물어뜯기지 않기 위해 그리할 수밖에 없었다.

*   *   *

"왁!"

소진엽의 입술을 뚫고 검붉은 핏덩이가 터져 나왔다. 피화살이다.

뿐만 아니다.

어느새 다양한 구멍투성이로 변한 그의 옷 사이로 드러난 피부는 꽤나 많은 부위가 훼손되어 있었다. 얼핏 보면 땅속에 수일 정도 파묻혀져 있던 시체가 일어서 있는 것만 같다. 부패가 진행되어 가고 있는 꼴이나 진배없다는 뜻.

그러나 곧 그 같은 생각은 사라진다.

눈.

만신창이가 된 상황에서도 소진엽의 두 눈은 어둠의 장막이 둘러쳐져 있는 주변을 형형하게 밝히고 있었다. 쓸데없을 정도로 강렬한 기운을 한 쌍의 눈을 통해 쏟아 내고 있는 것이다.

이유는 자명하다.

소진엽은 극도로 집중하고 있었다.

모든 기력과 심력을 안력에 총동원시키고 있었다.

자신을 현재와 같은 꼴로 만든 태극무검선제의 마지막 삼초를 버텨내기 위함이었다.

핏!

그때 들려온 미세한 소음.

'아니다!'

소진엽의 뺨이 길게 찢어졌다.

또 하나의 생채기가 몸에 새겨졌다.

그러나 소진엽은 개의치 않았다. 한 쌍의 눈에 집중시킨 태극무한신공의 기운을 최고조에서 절대 흐트러뜨리지 않았다. 앞서 경험했던 태극무검선제의 끔찍한 공세에 속수무책으로 당하는 건 이제 그만 사양하고 싶었기 때문이다.

그러자 다시 예의 소음이 들려왔다.

이번엔 많다.

흡사 유성우처럼 소진엽의 전신을 휩쓸어온다.

'천 개의 검! 만 개의 도! 하지만 죽음 중에서도 삶을 능히 구할 수 있다!'

— **심의!**

의지로써 초월한다!

마음속의 뜻을 궁구하여 마음을 다스린다!

그래서 불가능을 가능케 한다!

그것이 바로 태극무검선제에게 배운 태극무한신공의 심결 중 하나인 심의다.

그 모호한 심결을 발동시킨 소진엽의 신형이 문득 천검만도의 유성우로 변한 기경을 정지시켰다. 마음으로써 시간을 멈추고, 공간을 왜곡시킨 것이다.

핏! 피핏!

하지만 그것만으론 부족했다.

완벽한 방어를 이뤄낼 수 없었다.

소진엽이 펼친 심의를 뚫고, 몇 가닥의 기경이 소진엽의 전신을 파고들었다. 다시 몇 개나 되는 상처를 그의 몸에 새겨 넣었다.

아니다.

착각이었다.

스슥!

문득 기경이 스쳐 갔다고 여겨졌던 소진엽의 신형이 움직임을 보였다.

두 개로 분리되었다.

— 일보삼장세!

태극무검선제의 심의를 펼침에도 사부 담대광에게 전수받은 무의 근본을 잊지 않았다. 그렇게 마지막 한 수를 여지를 남겨놓았다.

그 작은 차이!

그 작은 차이가 아주 큰 결과를 만들어 냈다.

쩡!

일순 모호하게 뒤틀려 있던 공간의 한켠이 깨졌다. 부서졌다. 그리고 완전히 달라져 버린 배경!

"삼초! 끝!"

소진엽이 크게 소리 질렀다. 언제 만신창이였던 거냐는 듯 말끔해진 신색을 한 채 말이다.

"응?"

뒤늦게 그 같은 사실을 깨달은 것이리라.

자신의 몸을 이리저리 살펴본 그가 피식 웃어 보였다. 태극무검선제의 삼초를 감당하기 위해 천지사방으로 날뛰었던 모든 것이 한낱 백일몽에 불과했음을 눈치챘기 때문이다.

단 한 평!

그가 여태까지 움직였던 공간의 전부였다.

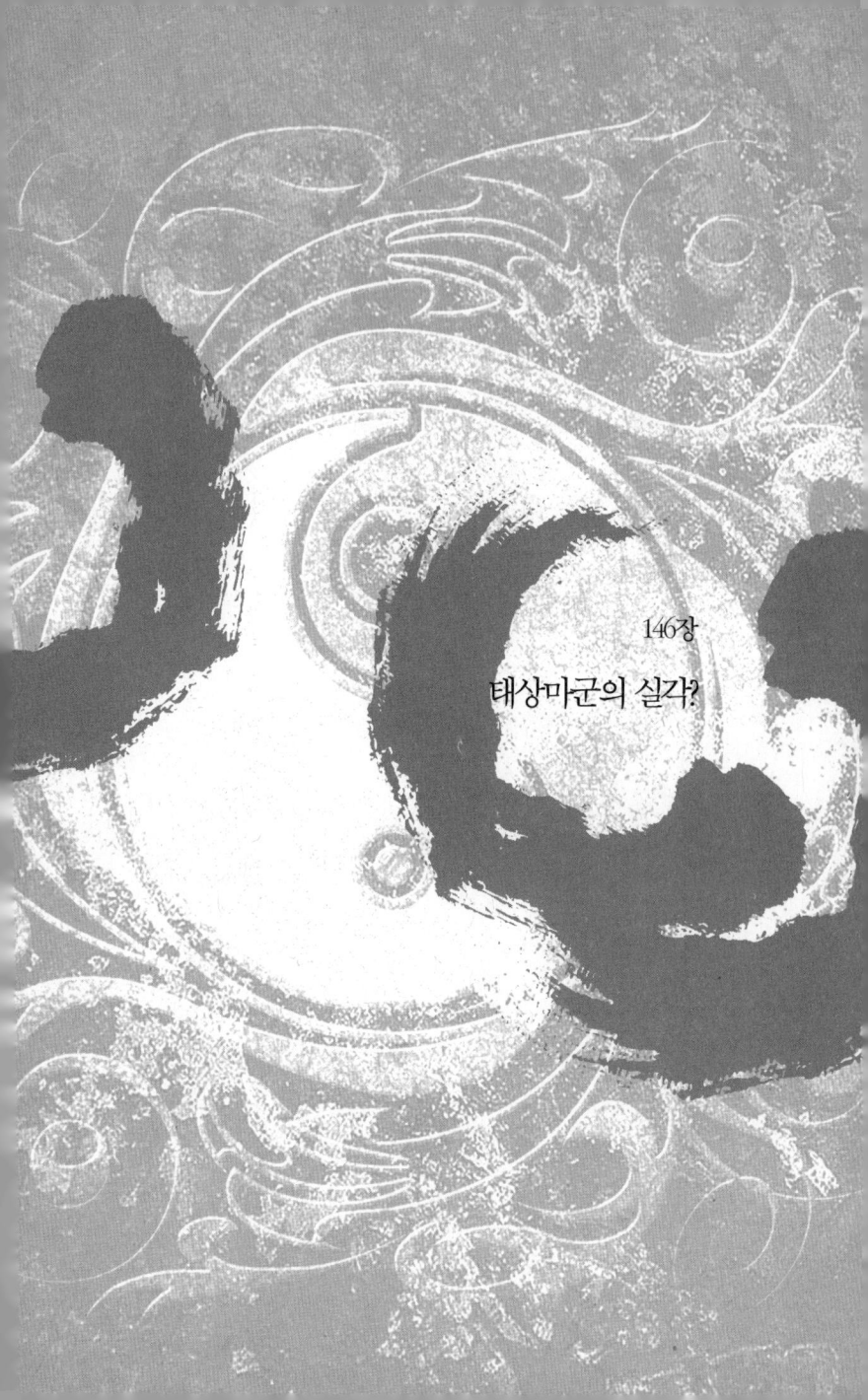

146장

태상마군의 실각?

털푸덕!

진여상이 바닥에 나뒹굴었다.

탄력 넘치는 엉덩이를 그대로 바닥에 찧었다. 특별한 낙법조차 펼치지 못하고 그냥 자빠져 버렸다.

잠시뿐이다.

슥!

곧 그녀가 신형을 일으켜 세웠다.

푸화악!

여태까지 그녀의 전신을 철통같이 지키고 있던 마신마강기 역시 거침없이 사방으로 폭사되었다. 여태까지 모종의 역도와 압력에 짓눌려 있었던 만큼 맹렬하게 기세로 펴져

나갔다.

그러나 그 역시 잠시뿐이었다.

"미친!"

진여상의 입을 뚫고 튀어나온 욕설과 함께 마신마강기가 빠르게 소멸했다.

말짱하게 변해 있는 세상!

방금 전까지 그녀를 공포에 떨게 했던 천번지복 따위 흔적조차 남지 않았다. 흡사 신기루처럼 깨끗이 사라졌다. 백일몽을 꾼 것이나 다름없었다.

당연히 마신마강기를 호신강기로 두를 이유가 없다.

완전히 공력 낭비였다.

'이 말도 안 되는 변화는 역시 그 망할 인간들에게 있을 테지? 응?'

진여상이 인상을 잔뜩 쓰며 여전히 어둠에 물들어 있는 공간을 바라보다 눈에 이채를 담았다.

슥! 스스슥!

어둠 속을 가로질러 오는 몇 개의 그림자!

굳이 안력을 집중시키지 않고도 진여상은 그들의 정체를 눈치챘다. 자신의 수족이나 다름없는 뇌왕열화병단임을 단숨에 알아챈 것이다.

슥!

진여상이 얼른 신형을 날렸다. 자신을 향해 다가들던 뇌왕열화병단을 은밀한 장소로 이끌기 위함이었다. 만약 진짜 중요한 일이 아니라면 그들을 반쯤 패 죽여 놓겠다는 강력한 의지를 불태우면서 말이다.

진여상이 부복해 있는 일화신장을 향해 냉랭하게 말했다.

"뭐야?"

"가주님, 신마성궁에 급변이 일어났습니다."

"급변?"

"예, 태상마군께서 실각했다는 소문이 십만대산 일대에 돌고 있습니다."

"고작 소문 정도로 날 찾아왔다는 거야?"

진여상의 목소리가 살짝 올라가자 일화신장이 안색을 살짝 굳힌 채 말했다.

"믿을 만한 소식통도 포함된 소문입니다."

"믿을 만한 소식통?"

"본가의 비선 중 신마성궁 부근에 남아 있는 자들이 아직 제법 됩니다."

"신마성궁 주변의 진지 쪽 말하는 거야?"

"그렇습니다."

"흠."

진여상의 표정이 변했다.

— 태상마군 소리산의 실각!

말도 안 되는 소리다.

믿기 어려운 일이었다.

지난 백여 년간 천마신교를 정점으로 하는 마도 무림을
실질적으로 지배해온 그였다. 몇 명이나 되는 마교주를 보
필하며 암중으로 마도천하의 야망을 불태워왔다.

당대 역시 마찬가지다.

삼십여 년 전 벌어졌던 마천대전 이후 기라성 같은 마도
의 별들이 공석이 된 신마좌를 쟁취하기 위해 싸워왔다. 마
도 역사상 가장 치열하고 강렬한 세월이라 할 만하다.

그럼에도 태상마군 소리산의 위치는 강고했다.

어떤 마웅도 감히 그의 권위에 도전하지 못했고, 감히 그
리했던 자들은 하나같이 패망하고 말았다. 단 하나의 예외
도 존재치 않았다.

'설마 멸천마후가?'

문득 뇌리에 떠오른 멸천마후 천기신혜의 무섭도록 아
름다운 얼굴을 떠올린 진여상이 고개를 가로저었다. 그녀
같이 겉으로 드러나는 강력함과 두려움으론 결코 태상마군
소리산의 태산 같은 존재감을 능가할 수 없으리란 생각 때
문이다.

'그래서 나는 천하에 태상마군을 실각시킬 수 있는 단한 명의 존재라 할 수 있는 태극무검선제의 곁에 달라붙어 있었다. 이미 인간의 영역을 뛰어넘은 그만이 태상마군을 제압할 수 있을 거란 믿음을 가지고. 그런데 갑자기 이런 생뚱맞은 결과가 벌어지다니…… 아니, 아니다! 또 하나의 존재가 있다! 태상마군을 실각시킬 가능성이 있는 존재는 태극무검선제만이 아니야!'

진여상이 갑자기 눈에 이채를 담았다.

상념을 이어가던 중 떠올랐다.

태극무검선제와 태상마군 소리산 모두와 관련이 있는 자! 위대한 마천대전의 선봉장으로서 마도천하의 시대를 바로 코앞에 두었던 천마신교의 교주!

― 신마대제 담대광!

잠시 잊어버리고 있던 그 거대한 이름이라면 가능했다. 느닷없이 받아 든 태상마군 소리산의 실각이란 소문을 진실이 되게 할 수 있는 것이다.

그렇다면 이제 자신은 어찌해야 하는가?

아니다.

자신이 아니라 마도십가 중 하나인 뇌왕진천가의 가주로써의 향후 거취를 정할 때였다. 부친 진강이 죽은 후 그녀에겐 살아남은 뇌왕진천가 수백 명 가솔에 대한 책임이 부여됐으니까 말이다.

'그러니 개인적인 감정에 휘둘리는 건 이만 사양하겠어! 뇌왕진천가의 생존을 위해 나는 바로 움직여야만 하니까!'

그래도 문득 떠오르는 얼굴이 있다.

평생 중 처음으로 마음을 나눴던 사람!

허물없이 농담을 나누고 종종 생각났던 사람!

그리고 현재는 태극무검선제의 그릇이 되어 있는 사람!

적운의 얼굴을 문득 떠올린 진여상의 입가에 문득 씁쓸한 미소 한 가닥이 스쳐 갔다.

"어차피 마와 정은 함께할 수 없는 것을……."

그것으로 끝이다.

곧 평상시와 같은 뇌운의 철사자로 돌아온 진여상이 일화신장에게 명령했다.

"당장 뇌왕열화병단을 집결시키도록! 내 형제들과 함께 십만대산으로 복귀할 것이다!"

"존명!"

일화신장이 복명과 함께 손을 들어 보였다. 그러자 속속 모습을 드러내는 백여 개의 그림자!

뇌왕열화병단!

이미 모여 있었다. 자신들을 형제라 불러준 가주와 생사를 함께하기 위해서 말이다.

"자식들!"

진여상이 피식 웃어 보이곤 그들의 앞으로 나섰다. 더 이상 그녀의 머릿속에 적운의 얼굴은 남아 있지 않았다. 잔영조차 없이 깨끗이 사라졌다.

＊　　　＊　　　＊

꿈틀.

철무정이 볼살을 가볍게 떨어 보였다.

슥!

검병으로 방립의 챙을 치켜 올리자 차갑고 비정한 철혈의 안광이 어둠을 밝힌다.

잠시뿐이다.

곧 철무정의 침잠하게 가라앉았다. 주변을 에워싸고 있는 어둠과 하나로 동화되었다.

"검마 천좌께서 어찌 태상마군님의 곁을 떠나신 것이외까?"

"호오?"

어둠 속에서 나직한 감탄성이 흘러나왔다. 그리고 문득 어둠의 한켠이 쩌억 갈라졌다.

스파앗!

붉은색 섬광 하나!

쏜살같이 철무정을 향해 날아든다. 그의 전신을 단숨에 두 토막 낼 듯한 기세다.

파앗!

그리되진 않았다.

어느새 움직임을 보인 묵검.

철무정의 방립에서 떨어진 묵검이 가벼운 회전과 함께 발검되었다.

최단거리!

공간을 간단하게 가로지른다.

사선으로 움직인 검은색 검신이 단숨에 붉은색 섬광을 가로막는다.

하지만 그건 환상!

순간 묵검에 가로막혔다고 여겼던 붉은색 섬광이 변화를 보였다. 기묘한 아지랑이를 만들어 내며 모양새를 흩트리더니, 뱀처럼 교묘하게 움직여 철무정의 미간 사이를 찔러 들어왔다.

'과연 검마 천좌!'

철무정의 눈에 살짝 감탄의 기색이 스쳐 갔다. 이런 식의 검격은 상상조차 해 본 적이 없었기 때문이다.

하지만 그는 과거의 그가 아니었다.

파창!

철무정의 묵검이 다시 최단의 거리로 사선을 만들어 냈

다.

묵검참영!

그다음은 묵검탈혼난비가 이어진다. 자연스럽게 다시 변화를 일으킨 붉은색 섬광의 꼬리를 잘라내기 위함이었다.

"허!"

붉은 섬광 저편에서 탄성이 터져 나왔다. 설마 자신의 검격을 철무정이 이런 식으로 막아낼 줄은 몰라서다.

— 검마 주진모와 마검혈풍영 철무정!

두 사람 간에는 현격한 무공의 격차가 존재했다. 마천대전 당시 천마신교의 선봉을 선 영향으로 정파 무림에는 철무정이 유명했으나 실제 마도에서의 위치가 달랐다. 적어도 한 배분가량의 무공과 위상 차이가 있다고 봐야 할 터였다.

당연히 주진모는 철무정을 만만하게 보고 있었다.

일초 양식!

많아야 삼초식 이내에 그를 제압할 심산이었다. 그러기 위해 처음부터 무형마벽검강기의 절초를 사용했다. 실패 따윈 전혀 예상조차 않지 않았다.

"마검혈풍영! 이것도 받아 보거라!"

"……."

주진모의 무형마벽검 강기가 또다시 변화했다.

섬광의 소멸!

대신 묵직해졌다.

붉은색 섬광이 일순 허공중에 거대한 검형을 이루더니, 서서히 철무정을 향해 날아들었다.

"컥!"

철무정의 입술을 뚫고 피 화살이 터져 나왔다.

무형마벽검강기의 검형으로부터 뿜어져 나온 압력이 흡사 내가중수법처럼 그의 내부를 뒤흔들었다. 흡사 내력 싸움에 휘말려든 것과 다름없는 상황이 된 것이다.

그러나 그 역시 잠시뿐.

패앵!

철무정이 언제 피 화살을 토해냈냐는 듯 묵영추월보를 이용해 신형을 기쾌하게 회전시켰다. 그리고 다시 묵천사일를 펼치자 무형마벽검강기의 압력 범위에 작은 틈이 발생했다. 검형의 예기를 피해 외벽을 공략한 것이다.

스으!

그 사이를 묵검과 하나가 된 철무정이 뚫고 지나갔다. 검신합일한 채 무형마벽검강기의 절초를 또다시 파훼했다.

"감히!"

주진모의 입에서 분노성이 터져 나왔다.

"그따위 장난질을 치게 내버려둘 성싶더냐!"

무형마벽검강기의 위세 역시 다르다.

검신합일을 한 채 초고속 이동을 하던 철무정의 배후를 수십 개로 늘어난 검형이 뒤따랐다. 단숨에 방향을 돌려 검광에 휩싸인 그의 전신을 에워쌌다.

차차차차창!

그러자 다시 변화를 보인 철무정의 묵검!

묵향멸난비!

순간적으로 자신을 저격해오던 검형들을 막아내었다.

묵천사일!

더불어 더욱 가속된 묵검의 검기!

어둠 속에 파묻혀 있던 공간을 가로지른다. 쏜살같이 날아가 잘라낸다.

지잉!

검명이 울부짖는다.

마지막 순간 묵천사일의 검기가 방해물을 만났기 때문이다. 강력한 기세가 중간에 가로막혀 미세한 떨림을 보인다. 나아가지 못한다.

그러자 다시 묵영추월보로 신형을 변화시킨 철무정.

그의 묵검이 흡사 현란한 춤사위처럼 움직여서 어둠의 공간의 한쪽 방면을 잘라냈다. 대패처럼 공간 자체를 깎아내 버린 것이다.

"큭!"

주진모의 입에서 짤막한 침음성이 터져 나왔다. 놀랍게도 철무정의 묵검이 그의 무형마벽검강기를 뚫고 옆구리에 가느다란 상흔을 남겼기 때문이다.

덕분에 살짝 흩어져버린 어둠!

주진모.

그의 진면목이 처음으로 모습을 드러낸다. 이를 가볍게 사리물고 있는 얼굴이 딱딱하게 굳어 있다.

그것도 잠시뿐.

파앗!

찰나 간 다시 철무정의 뒤를 쫓아온 수십 가닥의 검형들이 흡사 폭포수 같은 기세로 떨어져 내렸다. 철무정의 머리와 어깨, 등판을 향해 맹폭을 가했다.

파파파파팟!

철무정이 뒤늦게 묵검을 휘둘러 다시 묵향멸난비를 펼쳤으나 검형들의 맹폭을 견뎌내는 데는 역부족이었다. 앞서 진탕되어 있던 내부가 또다시 충격을 받아서 안색이 백지장처럼 하얗게 질려 버렸다.

양패구상(兩敗俱傷)?

겉으로 보이는 모습만으론 그렇다.

하지만 실제 결과는 사뭇 달랐다. 순간 언제 신음을 토해냈냐는 듯 주진모의 무형마벽검강기가 더욱 강력한 위세를 드러냈기 때문이다.

쾅!

맹렬한 폭발음과 함께 철무정이 실 끊어진 연처럼 뒤로 날아갔다. 이미 내상을 입은 상황에서 주진모가 전력을 집중한 무형마벽검강기를 더 이상 버틸 순 없었다.

"마검혈풍영……."

주진모가 무형마벽검강기를 거두며 중얼거리다 문득 눈살을 찌푸려 보였다.

퍼렇게 질린 입술.

어느새 점점이 핏방울이 번져 나오고 있었다. 두 수 아래로 보고 있던 철무정을 제압하기 위해 상당한 피해를 감수해야만 했던 것이다.

"……동수의 내력이었다면 내 패배인가?"

슥!

손을 들어 입가를 훔친 주진모가 철무정을 향해 걸어갔다. 그리고 주변에서 펼쳐지기 시작한 일대 도살극!

"크악!"

"으악!"

"으아아악!"

철무정 휘하의 패왕혈검단이 어둠 속에서 튀어나온 미지의 고수들에 의해 하나하나 쓰러져갔다. 과거에 비교할 수 없을 만큼 강력한 무위를 지닌 그들이었으나 전혀 상대가 되지 못했다. 변변찮은 저항조차 할 수 없었다.

당연하다.

검마 주진모와 함께 온 자들!

얼마 전까지 패마 종리곽과 함께하던 군마각의 전대 마두들이었다.

종리곽조차 완벽하게 제어하지 못했던 거마들!

그들이 한꺼번에 나섰으니 단주 철무정을 잃어버린 패왕혈검단으로선 오합지졸이 될 수밖에 없었다. 거의 일수유도 되기 전에 완벽하게 제압되고 말았다.

툭!

의식을 잃고 바닥에 쓰러진 철무정을 잠시 내려다보던 주진모가 그를 한차례 발끝으로 걷어차고 신형을 돌려세웠다.

"정리 끝났으면 바로 이동하도록 한다!"

"검마 천좌, 바로 소교주를 찾아가는 것인거요?"

"그렇다."

"재밌겠군! 재밌겠어!"

"전혀 그렇지 않다. 소교주가 만약 태상마군님의 제안을 받아들이지 않는다면 무력을 사용해야 할지도 모르니까."

"거야……."

"그리되면 너희들 중 절반 이상은 죽을 각오를 해야 할지도 모른다."

냉혹한 주진모의 말에 주변에 옹기종기 모여서 패왕혈검

단의 시체를 희롱하던 마두들의 눈빛이 흉맹하게 변했다. 그들 중 상당수가 패마 종리곽의 뒤를 쫓아서 신마성궁을 오랫동안 비운 탓에 소진엽에 대해 아는 바가 적었기 때문이다.

그러나 현재 그들을 이끄는 존재는 검마 주진모다. 종리곽과 비교해 결코 뒤떨어지지 않는 인물이기에 쉽사리 반감을 드러내긴 쉽지 않았다.

팟! 파파팟!

여기저기에서 흉험한 살기와 광기를 일으킨 마두들이 어느새 앞서 걸어가기 시작한 주진모의 뒤를 말없이 따랐다. 또 다른 사냥감에 대한 기대감을 증폭시키면서.

*　　　*　　　*

서산 너머.

서서히 어둠의 장막이 걷혀가고 있다. 여명의 때이다.

한 손에 곰방대를 든 채 산 저편을 물끄러미 바라보고 있던 태극무검선제가 히죽 웃어 보였다.

"해님께서 밝아 오시는구나."

"바로 떠나시려는 겁니까?"

"다시 한바탕 해보고 싶은 게냐?"

"정중히 사양하겠습니다."

"그럴 테지."

태극무검선제가 곰방대를 물고 담배를 길게 빨고 고개를 가볍게 까닥여 보였다.

"뭐, 네놈이 끝까지 기본을 지킨 것은 높게 평가하도록 하마."

"후회하게 될까요?"

"끝까지 망설임은 있었다는 거로구나."

"심하게 있었습니다."

"그건 그것대로 좋은 일이니라."

"좋은 일이 반드시 좋은 결과를 뜻하는 건 아니라는 걸 알고 있습니다."

"그래서 아직까지 고민 중이다?"

"그렇습니다."

"그럼 계속 고민하도록 해라."

"엇!"

갑자기 일방적으로 대화를 끝낸 태극무검선제가 곰방대를 허리에 쑤셔 넣고 걸어가자 소진엽이 다급한 표정이 되었다. 이런 식으로 그를 보내선 안 된다는 생각이 아주 강하게 들었다.

"진 노사님!"

"소용없다."

"제 말이나 들어 보시고……."

"어차피 네놈은 마음속으로 결정을 내렸고, 나는 그걸 굳이 되돌이킬 생각이 없느니라."

"……그래도 설득 정도는 해보셔야하는 거 아닙니까?"

"싫다!"

"그리 각박하게 말씀하지 마시고……."

"뗵!"

갑자기 살짝 언성을 높이며 인상을 써 보인 태극무검선제가 피식 웃었다.

"이놈아, 어찌 정마의 경계가 홍정이 되겠느냐? 네놈이 마의 길을 선택했으니, 망설임은 그만 거두도록 하거라."

"……."

"또 아느냐? 그 선택이 폭주하는 혼돈지문을 닫고, 세상을 구하게 될지."

그것으로 끝이었다.

"진 노사님……."

소진엽이 다시 말을 거는 걸 용납하지 않으려는 듯 태극무검선제가 홀연히 자취를 감췄다.

유일하게 남은 것!

그가 마지막으로 내뱉은 담배 연기뿐이었다.

*　　　*　　　*

"앗!"

뇌왕열화병단과 함께 십만대산으로 이동하던 진여상의 입에서 다급한 신음이 터져 나왔다.

슥!

갑자기 그녀 앞에 모습을 드러낸 태극무검선제가 입에 물고 있던 곰방대를 불쑥 앞으로 내밀었다.

평범한 움직임!

하지만 진여상은 일순 온몸이 딱딱하게 마비되는 걸 느꼈다. 그리 빠르지 않게 다가드는 곰방대 끝을 전혀 피할 수 없었다. 그냥 몸이 꿰뚫려 버리고 말 듯싶었다.

핏!

다행히 곰방대가 마지막 순간 방향을 바꿨다. 그녀의 미간 바로 앞에서 갑자기 거둬들여 졌다.

후둘!

진여상이 다리에서 힘이 풀리는 걸 느끼며 몸을 가볍게 떨었다. 어떻게 움직임을 멈췄는지 기억도 나지 않는다. 문득 정신을 차려보니 멍하게 태극무검선제를 바라보고 있었다.

"후우우!"

"쿨럭! 쿨럭!"

얼굴로 날아든 담배 연기에 연달아 재채기를 한 진여상이 주변을 둘러봤다. 방금 전까지 자신과 함께하고 있던 뇌왕열화병단의 안위가 걱정되었기 때문이다.

그러나 곧 그녀는 인상을 찡그렸다.

문득 어떻게 뇌왕열화병단과 함께 치달리고 있던 자신이 걸음을 멈췄는지 깨달아서다.

'내 의지로 멈춘 게 아니었구나……'

그렇다.

그녀는 자신의 의지로 태극무검선제 앞에 멈춘 것이 아니었다. 강제로 그리되었다.

— 모든 것이 정지된 세계!

그 속에서 태극무검선제는 홀로 움직이고 있었다. 진여상과 뇌왕열화병단을 옴짝달싹도 못하게 고정시켜놓고 말이다.

다행히 진여상에게 이런 경험은 낯설지 않다.

항주 무림맹에 강림한 신마대제 담대광에 의해 실컷 경험한 바 있었다.

"왜 그러시는 거예요?"

"내 그릇을 하고 있는 놈을 포기한 것이냐?"

"여자 마음은 본래 갈대와 같은 거예요."

"그런 것치고는 꽤 아쉬워하는 것 같더라만?"

"숙녀의 속마음을 그렇게 함부로 훔쳐보시는 게 아니에

요!"

"숙녀?"

태극무검선제가 주변을 이리저리 둘러봤다. 아예 진여상이 무슨 말을 하는지 짐작조차 못 하겠다는 표정이다.

삐직!

진여상이 울컥한 표정이 되었다.

적운의 얼굴을 한 태극무검선제가 자신을 대놓고 무시하자 속에서 천불이 치솟았다. 진심으로 화가 나서 얼굴이 화끈하게 달아오르고 있었다.

그러거나 말거나 끝까지 진여상과 눈을 맞추지 않은 태극무검선제가 익숙한 자세로 바닥에 쭈그려 앉았다. 딱 침만 뱉으면 성시 뒷골목에서 길가는 행인에게 시비를 거는 불량배나 다름없을 것 같은 모습이다.

"뭐, 그건 그렇다치고……."

"그런 식으로 말을 돌리시려는 거예요!"

"……내 부탁 하나만 들어주거라."

"절대 부탁 같지 않은데요?"

"허허, 본래 상선약수라고, 사람의 생각이란 물처럼 담기는 그릇에 따라 달라지는 법이지."

'흥! 결국 내 말이 맞다는 거로군!'

진여상이 내심 코웃음 치고 여전히 바닥에 쭈그려 앉아 있는 태극무검선제를 물끄러미 내려다봤다.

여전한 적운의 얼굴!

보고 있자니 마음이 흔들린다.

십만대산으로의 복귀를 결정한 후 닫아걸었던 마음의 빗장 한켠이 헐거워지고 있었다. 작은 틈이 생겨버렸다.

그러나 지금 중요한 건 눈앞에 있는 적운의 몸속에 태극무검선제란 괴물이 들어앉아 있다는 것이었다. 그의 부탁이란 말로 포장된 협박을 무조건 받아들여야만 한다는 것이었다. 어떠한 선택의 여지도 없이 말이다.

"부탁을 들어 드리도록 하죠."

"고맙다."

태극무검선제가 얄밉도록 당연하단 표정과 함께 신형을 일으켜 세웠다. 바닥에 침이 어느새 흥건하다. 그 사이 몇 차례 뱉었음이 분명하다.

'그 얼굴을 하고서 그런 더러운 짓은 좀 자제해 주라고!'

진여상이 내심 진저리치고는 퉁명스레 말했다.

"그래서 뭘 어떻게 도와드리면 되죠?"

"크흐흐, 그게 말야……."

태극무검선제가 지극히 음흉하고 수상쩍은 미소와 함께 진여상에게 자신의 계획을 털어놓았다. 꽤나 구체적이게.

*　　　*　　　*

까닥!

태극무검선제가 모습을 감추고 얼마나 지났을까?

골똘한 생각에 잠겨 있던 소진엽이 갑자기 어깨를 한차례 추어 보였다.

"쳇! 노인네도 너무하는구만. 여태까지 그렇게 착실히 모셨는데, 갈 거면 정리나 도와줄 것이지⋯⋯."

"⋯⋯."

"⋯⋯이제 그만들 튀어나오지?"

"⋯⋯."

"그렇게 뺄 것들 없어. 마기나 기세 정도 죽이고 있다고 오랫동안 몸에 밴 썩은 내까지 없앨 순 없으니까."

"⋯⋯."

"아니면, 내가 갈까?"

마지막 말은 어디까지나 예의상 던졌을 뿐이다.

슥!

문득 일보삼장세를 펼친 소진엽의 신형이 빛살보다 빠르게 십여 장의 거리를 이동했다.

팍!

그리고 수장을 떨친다.

신수!

태극무검선제의 삼초를 받아내는 동안 극도로 사용을 자제했던 태극무한신공의 방출!

당연히 평범한(?) 군마각 마두들에겐 쥐약이나 다름없다. 아주 최악의 상성이라 할 수 있을 터였다.

"컥!"

"크억!"

"우왁!"

소진엽의 신수가 순간적으로 수백 개로 확장되며 주변에 모여 있던 군마각 마두들을 쓸어버렸다. 은신하기 위해 마기와 기세를 억누르고 있었던 만큼 변변찮은 반항조차 하지 못했다.

물론 이 역시 시작에 불과했다.

슥!

다시 소진엽이 일보삼장세를 펼쳤고, 이번엔 그의 몸 전체에서 진동이 일어났다. 주변의 대기 전체를 자신의 태극무한신공과 하나로 만들어 상극이라 할 수 있는 마두들을 찾아내기 시작한 것이다.

퍽! 퍼퍽! 퍽!

퍼퍼퍼퍼퍼퍼퍼퍼퍽!

그 결과는 놀라웠다.

소진엽의 진동에 걸려든 군마각의 마두들이 흡사 폭죽처럼 폭발하며 바닥에 나뒹굴었다. 어떠한 종류의 저항도 보이지 못한 채 비참하게 제압당해갔다.

하지만 그것도 잠시뿐.

쾅!

진동을 펼친 채 초고속 이동을 보이던 소진엽의 머리 위로 붉은색 전광이 떨어져 내렸다. 여태까지 일어났던 폭발 모두를 포함한 정도의 굉음이 뒤따랐음은 물론이다.

슥!

소진엽이 그제야 일보삼장세를 멈췄다.

진동 역시 마찬가지다.

주변을 완벽하게 제압하고 있던 태극무한신공의 기운을 급격하게 체내로 거둬들였다. 엄청난 기세로 확장됐던 기세를 한 덩이 구처럼 뭉쳐서 단전으로 되돌린 것이다.

한순간!

찰나의 시간 만에 그리했다.

당연히 그것만으로 끝일 리 없다.

파앗!

연이어 펼쳐진 붉은색 전광을 향해 소진엽이 손을 활짝 펼쳤다.

신수!

장심의 깊은 곳으로부터 태극의 도형이 모습을 드러낸다.

일순간뿐이다.

곧 맹렬한 회전을 보인 태극의 도형이 무한대로 확장되며 어느새 수십 개로 분화된 붉은색 전광을 집어삼켰다.

소멸!

어느샌가 붉은색 전광 전체를 집어삼킨 태극 도형이 사라지며 세상은 고요 속에 빠져들었다. 방금 전까지 전개되던 초고속의 싸움이 갑자기 종료되었다.

파앗!

그리고 소진엽에게서 확장된 진동이 주변에 다시 영향력을 행사하기 시작했다. 간발의 차로 제거하지 못했던 군마각 마두들 모두를 향해서 말이다.

"쿨럭!"

검마 주진모가 기침을 터뜨렸다. 핏방울이 입가에 점점이 묻어 있는 게 상당한 정도의 내상을 당했음을 알겠다.

그래서일까?

방금 전까지 무형마벽검강기를 잔뜩 머금고 있던 그의 검은 바닥에 아무렇게나 널브러져 있었다.

검객!

검이 있으면 살고, 검을 잃으면 죽는다!

그것이 바로 숙명!

마도의 검객이라 해도 달라질 것은 없다. 하물며 검마라 불리는 절대의 검객 주진모임에랴.

축 늘어져 있는 오른팔.

굳이 자세히 볼 것도 없이 팔의 심줄이 끊겼음을 알겠다.

무형마벽검강기로 소진엽을 공격하던 중 신수에 반격을 당해 목숨같이 소중한 오른팔을 잃어버린 것이다.

"소교주 많이 변하셨구료!"

"검마 천좌 정도는 아닐 것 같소만? 태상마군은 아직 살아 있는 것이오?"

"……."

"과연!"

소진엽이 갑자기 입을 굳게 다문 주진모를 바라보며 미미하게 고개를 끄덕여 보였다.

— 검마 주진모!

태상마군 소리산의 심복 중의 심복!

그런 그가 신마성궁을 벗어났다는 건 소리산의 신변에 큰 이상이 생겼음을 의미한다. 그런 정도의 중대한 사태가 아니고선 결코 소리산의 곁을 떠날 사람이 아니니까.

게다가 주진모는 혼자가 아니었다.

그는 소리산과 극도로 사이가 나빴던 패마 종리곽 휘하의 군마각 마두들과 함께 소진엽을 공격했다. 살기를 있는 대로 드러낸 채 연수합공을 펼쳐 왔다.

현재의 천마신교 내부의 신마좌를 차지하기 위한 암투를 조금이라도 안다면 쉽사리 수긍이 가지 않는다. 결코 함께

할 수 없는 두 세력이 손을 잡았기 때문이다.

그렇다면 여기서 떠올릴 수 있는 가능성은 단 하나뿐이다.

태상마군 소리산의 실각!

'아니, 그보다는 그가 생사존망의 위기에 빠져 있다고 보는 편이 더 옳을 것이다. 그리고 그 말도 안 되는 일을 가능케 할 수 있는 사람은 오직 사부님뿐이다. 그분이 태상마군을 실각시킨 후 신마성궁에 혼돈지문을 열어놓은 것이 분명해.'

태극무검선제가 누누이 경고한 혼돈지문은 일종의 인과율 붕괴를 뜻했다. 인세에 결코 존재해선 안 될 마계, 연옥의 문이 담대광을 매개로 열려서 세상의 균형을 담당하는 인과율 자체를 무력화시키고 만 것이다.

당연히 이대로 혼돈지문이 인세에 개방된 채 존재한다는 건 극도의 혼란이 도래함을 뜻한다.

필연적으로 따라오게 되어 있던 원인과 결과가 뒤섞여서 삶과 죽음이 모호해지고, 세상을 이루고 있던 법칙들이 모조리 무용지물화 되어버린다.

그래서 그 뒤는?

사실 소진엽도 그 이상은 모른다.

거기까지는 태극무검선제도 별다른 말을 해주지 않았다. 그냥 생각했던 이상으로 무시무시한 일이 벌어질 거라 겁만 잔뜩 줬을 뿐이다.

여기까지 생각을 정리한 소진엽의 안색이 어두워졌다. 신마성궁을 떠나기 전 태상마군 소리산과 한 약속 때문이다.

'구양 소저⋯⋯.'

― 고독검마후 구양령!

소진엽의 첫사랑이자 어떡하든 지키고 싶은 유일한 여인이었다. 그녀를 구하기 위해 신마좌에 대한 야망을 접고, 소리산과 거래하길 주저치 않았다.

그런데 이런 일이 벌어질 줄이야!

문득 심부 깊숙한 곳에서 치솟아 오르는 분노를 억누른 소진엽이 주진모에게 동조를 걸었다.

[나는 너! 너는 나! 자아를 버리고 나와 하나가 되라!]

[헉!]

주진모가 입을 가볍게 벌렸다. 검을 잃고 전의를 상실한 상태에서 소진엽이 펼친 동조를 그로선 결코 거부할 수 없었다. 변변찮은 저항조차 못 한 채 받아들여야만 했다.

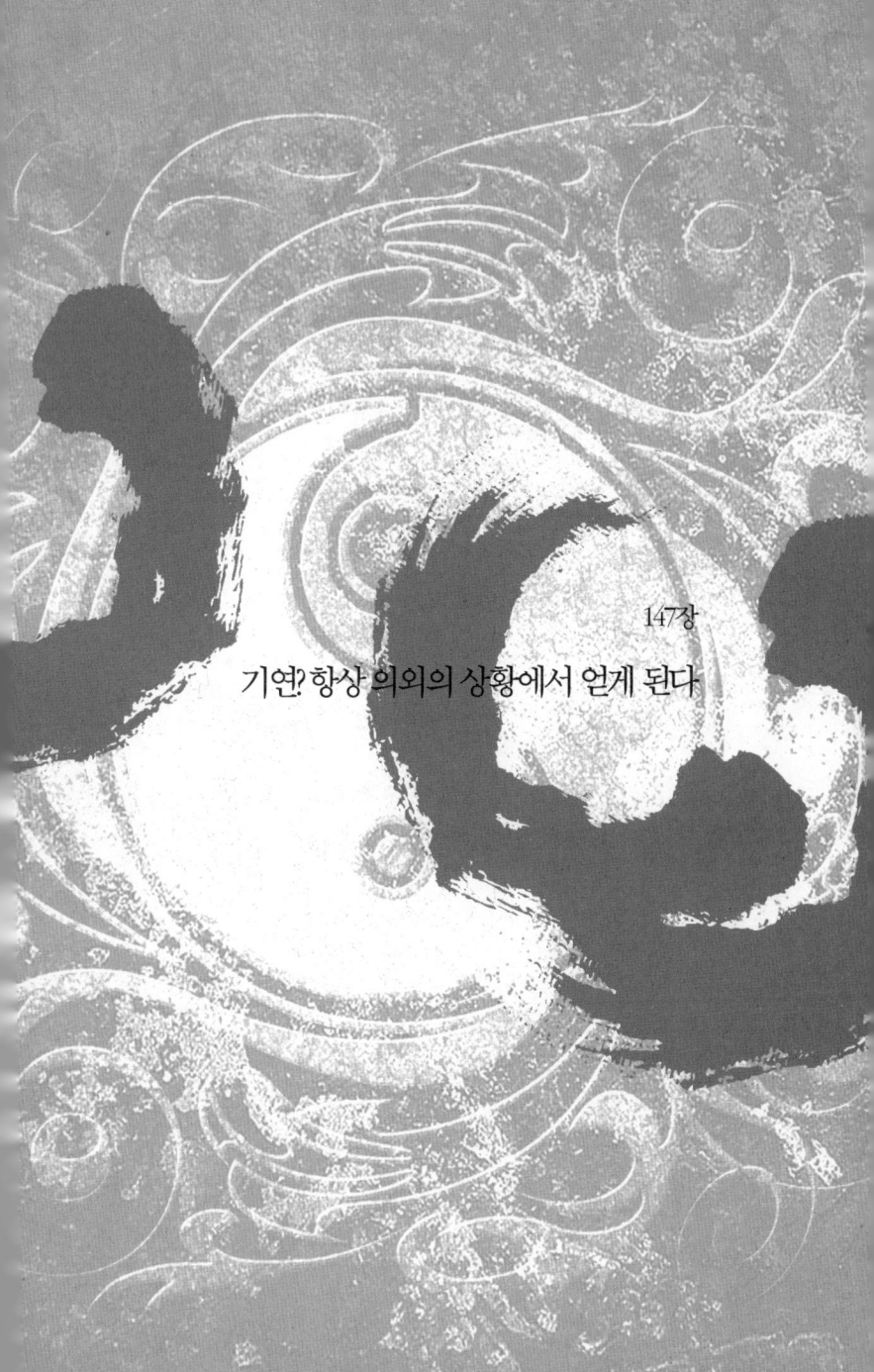

147장

기연? 항상 의외의 상황에서 얻게 된다

쾅! 쾅! 쾅!

갑작스레 날아든 다양한 화탄의 기습!

연이은 폭발음과 함께 사천정의련 총단의 성곽과 성루, 건물들이 불바다에 휩싸였다.

국가를 대표하는 성과는 규모면에서 다르다.

성곽 안에 있는 건 성시가 아니라 수십여 개 정도에 달하는 건물들이 전부였다. 사천을 대표하는 문파들에서 모여든 수천 명에 달하는 무인들이 기거하기엔 그 정도면 충분했다.

그렇기에 갑작스러운 화탄을 이용한 기습이 발휘한 파괴력은 사뭇 놀라웠다.

사방에서 일어난 불길!

평생 처음으로 접한 화탄의 놀라운 위력!

황급히 각자 배당된 건물에서 뛰쳐나온 사천정의련 무인들의 얼굴은 하나같이 새파랗게 질려 있었다. 일단 일정한 진세를 펼치긴 했으나 우왕좌왕하는 기미가 완연했다.

어쩔 수 없다.

근래 사천정의련의 총단은 극도의 혼란에 함몰되어 있었다. 수일 전 멸천마후 천기신혜에 의해 야기된 지휘부 공백의 여파가 총단 전체를 장악하고 있었기 때문이다.

지금 역시 마찬가지다.

"으악!"

"우와악!"

"으아아아아!"

계속되는 화탄의 공격에 여기저기에서 비명성이 터져 나왔고, 사상자가 속출했으나 제대로 된 방비나 대응은 거의 전무했다. 다행히 초반 화탄의 폭발에 휘말려 들지 않은 무인들은 삼삼오오 모인 채 살아남기 위해 힘겹게 투쟁하고 있었다.

한데 그때 갑자기 상황이 바뀌었다.

쾅! 쾅! 쾅!

또다시 사천정의련 총단으로 날아든 몇 개의 화탄이 느닷없이 방향을 바꾸더니, 공중에서 잇달아 폭발했다.

우연일 리 없다.

총단 안쪽으로 정확히 날아들던 화탄들은 서로 부딪쳤다. 정상적인 포물선에 무언가 인위적인 힘이 끼어든 것이다.

"무, 무슨 일이지?"

"무슨 일이 벌어진 거야?"

"으헉! 망루에 사람이 떨어져 내리고 있다! 하늘에서 사람이 떨어져 내리고 있어!"

"진짜다! 진짜야!"

방금 전까지 사색이 되어 있던 사천정의련 무사들이 일제히 떠들어댔다.

사천정의련 총단의 가장 높은 망루!

주변의 모든 곳에서 확인할 수 있을 정도로 높은 그곳에 한 청년이 떨어져 내렸다.

— **태극무검선제!**

소진엽의 부탁을 받은 그가 천신처럼 하늘에서 강림했다. 그때까지도 멈추지 않고 쏟아져 내리던 화탄의 빗속으로 아무렇지도 않게 들어왔다.

그리고 벌어진 놀라운 기적!

쾅! 쾅! 쾅!

태극무검선제에게 사천정의련 무사들의 시선이 집중된 상태에서 총단을 노리며 날아들던 화탄들이 일제히 폭발했다. 방금 전과 같이 단지 몇 개 정도가 아니라 모든 화탄이 한꺼번에 공중에서 산화해 버리고 말았다.

"우와아!"

"우와아아아!"

"천신이다! 천신이 강림했다!"

사천정의련 무사들이 일제히 환성을 터뜨렸다. 그만큼 갑작스레 망루 위에 등장한 태극무검선제의 신위는 그야말로 압도적이었다.

파천황(破天荒)!

말 그대로 그 같은 위세, 그 자체였다.

게다가 상황은 그걸로 끝나지 않았다.

파앗!

태극무검선제가 허공중으로 손을 내밀자 화탄의 공격으로 일어났던 총단 내부의 불길이 순식간에 잡혔다. 흡사 진공 상태에 빠져든 것처럼 무섭게 확산되던 화마가 기운을 잃고 소멸해 버린 것이다.

"우와아!"

"우와아아아아아아아!"

"역시 천신이다! 천신이 강림했어!"

사천정의련 무사들의 함성이 더욱 커졌다.

존경과 경이의 눈빛을 담뿍 담은 채 그들은 태극무검선제에게 열광했다. 어떤 종류의 의심이나 경계심도 없이 그의 등장을 받아들이고 있었다.

'굉장하구나!'

진여상은 단숨에 사천정의련 전체를 휘어잡은 태극무검선제의 위세를 사심 없이 감탄했다.

사천정의련 총단에 가해진 화탄 공격!

다름 아닌 그녀가 이끄는 뇌왕열화병단의 작품이었다.

십만대산을 떠나며 품에 소지했던 화탄과 화약 병기의 거의 전부를 이번 공격에 몽땅 쏟아 부었다. 태극무검선제의 부탁을 가장한 협박에 저항할 도리가 없었기 때문이다.

그래도 내심 의혹은 있었다.

이 정도 숫자의 화탄이 집중된 공격을 태극무검선제가 어떻게 해결할지 궁금했다. 사실 상상조차 되지 않았다. 일개 무인의 무력이 아무리 대단하다해도 한 곳에 집중된 화탄 공격을 감당해내기란 결코 쉬운 노릇이 아니기 때문이다.

'하물며 진 노사는 사천정의련 총단에 속해 있던 무사 대부분을 구해냈다! 별다른 어려움도 없이 그런 말도 안 되는 일을 해낸 거야…… 그런 정도의 능력자가 어째서 내 도움이 필요했던 걸까?'

진여상의 미간 사이에 깊은 골이 패였다.

태극무검선제!

처음 만났을 때부터 지금까지 단 한 번도 예측할 수 없었던 존재다. 줄곧 지켜봐 왔지만, 여전히 미지수로 남아 있었다. 불가해, 그 자체였다.

절래! 절래!

진여상이 결국 고개를 좌우로 흔들어 보였다. 문득 자신이 하는 고민이 사뭇 어리석게 여겨졌다.

불가해!

말 그대로다.

절대 이해할 수 없는 것이었다.

이제 와서 고민해 봤자 아무런 의미가 없었다. 그냥 깨끗이 마음을 비우는 게 옳을 터였다.

슥!

진여상이 손을 들어 올렸다. 소지하고 있던 화탄 전부를 소진한 뇌왕열화병단의 철수를 명하기 위함이었다.

히죽!

태극무검선제가 망루에 서서 점차 멀어져가고 있는 진여상과 뇌왕열화병단을 바라보며 즐거운 표정을 지어 보였다.

'헐헐, 대충 위험한 물건을 몽땅 털어버리게 했으니, 십

만대산으로 돌아가다 황천군을 만난다 해도 죽지는 않을
테지. 그 정도의 머리는 있는 계집이니까…….'

― 뇌운의 철사자 진여상!

항주에서 의외의 인연을 맺은 그녀는 그동안 제법 태극
무검선제에게 잘했다. 사천으로 향하는 동안 온갖 궂은일
을 마다치 않았고, 입안의 혀처럼 굴었다. 정마의 차이 따
윈 전혀 개의치 않고 비녀나 하녀처럼 죽도록 일해 왔다.

강자존! 약자멸!

마도의 철혈율에 익숙한 진여상으로선 어쩌면 당연한
선택이었을 것이다. 소교주인 소진엽은 둘째치고 전대 천
하제일고수인 태극무검선제 앞에서 납작 엎드릴 수밖에 없
었을 것이다.

하나 태극무검선제는 그녀에게 일종의 인지상정을 느꼈
다.

함께하는 동안 살짝 정이 들었다.

굳이 옷깃만 스쳐도 인연이란 불가의 격언을 들먹이지
않더라도 자연스레 신경을 쓰게 되었다. 반선다운 선견지
명을 발휘해서 그녀에게 향후 닥쳐올 위기를 한차례 피할
수 있는 기회를 주고자 한 것이었다.

'아니면 내 그릇 노릇을 하고 있는 무당파의 젊은 말코

녀석이 그리 시킨 것일까나?'

가끔. 아주 가끔씩 진여상에게 향하던 시선과 심장어림
의 떨림을 떠올린 태극무검선제가 고개를 가볍게 저어 보
였다.

적운.

그에 대해 아는 건 무당파의 제자란 것. 잠시 삿된 길을
걸었다는 것. 그래서 살짝 오염된 그릇이란 것 정도였다.

그 외의 사안?

특별히 관심은 없었다. 어차피 잠시 머물렀다 떠나갈 그
릇이었을 뿐이니까.

하지만 그런 적운에게도 작은 단심(丹心)은 존재했던 것
같다. 놀랍게도 태극무검선제에게 몸을 내준 상황에서 이
런 무의식을 남겼으니 말이다.

'허허, 그리고 어쩌면 그 진가 여아한테 내가 마음을 쓰
게 했을지도 모르겠구나…….'

내심 미소 지어 보인 태극무검선제가 여전히 자신을 향
해 열광하고 있는 사천정의련 무사들에게 손을 들어 보였
다. 소진엽에게 약속했던 대로 그들을 장악하는 데 성공했
으니 이젠 황제를 만나러 갈 차례였다.

황제!

자신의 손으로 가르치고 보위에 올린 황천의 지배자!

태극무검선제가 현세에 관심을 품고 있는 몇 안 되는 존

재 중 하나였다.

그런 황제가 다른 마음을 품기 시작했다.

태극무검선제와의 약속을 잊고, 중원 최후의 힘이라 할 수 있는 무림에 손을 뻗었다. 자신의 힘으로 중원 무림의 모든 세력을 병탄하고, 군림하고자 결코 움직여선 안 될 황천의 대병을 장성에서 빼낸 것이다.

그리고 그 같은 일을 가능케 만든 건 다름 아닌 멸천마후 천기신혜였다. 어쩌면 태극무검선제의 후손일지도 모를 그녀가 마교를 멸망시키기 위해 무림과 황천의 충돌을 야기시켰다. 결코 다시는 돌아올 수 없는 강을 건너게 만들려하고 있었다.

하나 태극무검선제는 태연했다.

크게 개의치 않았다.

황제의 변심이나 천기신혜의 엉뚱한 무림파멸지계, 모두 그에겐 큰 문제라 할 수 없었다. 이런 종류의 문제를 해결하는 데는 오래전부터 이골이 나 있었다.

반면 혼돈지문은 천선이 되기를 거부하고 세상에 존재하고 있는 그가 유일하게 골치를 앓는 사항이었다. 담대광이 연 혼돈지문으로 인해 그가 오랫동안 놀고 다녀야 할 인간계의 균형이 깨져가고 있었기 때문이다.

'그러니 소진엽, 이 녀석아! 네놈만 믿기로 하마! 난 아직 덜 놀았으니까 말야!'

내심 중얼거린 태극무검선제가 문득 시공간을 초월했다.

의식을 담고 있던 그릇.

적운의 몸에서 탈피한 것이다.

"헉!"

격한 탄성과 함께 의식을 회복한 적운의 얼굴에 당황감이 스쳐 갔다.

열망의 시선!

감탄의 시선!

외경의 시선!

느닷없이 접한 사천정의련 무사들의 뜨겁게 달아오른 눈빛에 혼백이 흩어지는 것 같았다. 당최 무슨 일이 벌어진 것인지 짐작조차 할 수 없었다.

잠시뿐이다.

곧 그의 심부 깊숙한 곳에서 태극무검선제의 목소리가 울려 퍼졌고, 모든 상황을 이해할 수 있었다. 무의식이었다곤 하나 태극무검선제가 행한 모든 일은 고스란히 머릿속에 각인되어 있었기 때문이다.

"우와아!"

"우와아아아아!"

"천신이여! 천신이여!"

절대 환호성을 멈출 것 같지 않은 사천정의련 무사들을 바라보며 적운이 어색한 표정을 지어 보였다.

그럴 수밖에 없다.

그 외엔 할 수 있는 일이 존재하지 않았으니까.

*　　*　　*

우당탕!

황제가 용상에서 굴러떨어졌다.

아주 되게 굴렀다.

이해할 수 없는 기운이 갑자기 그의 전신을 에워싸더니, 사정없이 앞으로 떠밀어 버렸다.

"크으!"

황제가 신음과 함께 자리에서 일어섰다. 구르며 얼굴을 부딪쳤는지 쌍코피가 터졌다. 얼굴이 아주 피투성이가 되었다.

슥!

그때 황제 앞에 태극무검선제가 모습을 드러냈다. 곰방대를 입에 문 입가에 얄궂은 미소가 살짝 머물러 있다.

"허허, 용안이 상했으니 참 안됐구만."

"지, 진 노사님……."

"아직도 날 노사라 부르시는 건가?"

"……어, 어찌 그러시는 겁니까?"

"흐음, 또 그 순진한 표정으로 넘어가 보시겠다? 이번엔 그리 간단히는 안 될 것 같네만?"

"……."

"그렇지. 이제야 본색을 드러내시는구만. 내가 보위에 올린 황천의 주인이라면 능히 그리해야 할 테지."

태극무검선제가 천천히 고개를 끄덕여 보이자 황제가 주변을 이리저리 살폈다.

호위를 찾고 있음이다.

천하를 뒤져서 찾아낸 황천 제일의 고수들을 찾고 있었다.

그러자 태극무검선제가 다시 곰방대를 입에 문 채 고개를 저어 보였다.

"어찌 그리 어리석게 구는 것인가? 내가 황천에서 어찌 불리는지 알고 있지 않으신가?"

"황제폐위자……."

"그러네. 내가 바로 과거 만백성을 고통스럽게 만들던 폭군을 용상에서 끌고 내려와 저자 앞에서 죽여 버렸다네. 백성들 손에 돌을 들려서 매 맞아 죽게 했어."

"……짐 역시 그리하시려는 겁니까?"

"그래야만 하겠는가?"

"지, 짐은……."

"자네는 성군이 아니야. 그리되었으면 했지만 많이 부족해. 하지만 그렇다고 해서 폭군 또한 아니야. 굳이 얘기하자면 적당히 괜찮은 군주라고 할 수 있을 걸세. 아직까지는 분명 그래."

"……."

"하지만 이번 선택으로 자네는 폭군보다 못한 암군이 될 수도 있네. 나라를 망하게 한 암군 말일세."

"어째서 짐이 나라를 망하게 한다는 겁니까?"

"장성을 지키는 황천군은 천하의 균형추나 다름없는 존재일세. 그들이 중원과 세외의 경계인 장성을 지키고 있기에 천하는 오랫동안 전쟁을 면한 채 평화를 유지할 수 있었던 게야."

"잘 알고 있습니다! 진 노사께서 항상 해 왔던 말씀이시니까요!"

"……."

"하나 마교를 비롯한 무림의 세력들은 줄곧 황법을 따르지 않고 독자적인 무력을 키워왔습니다! 그런 자들을 용납하고서 어찌 짐이 황천을 지배하는 황제라 할 수 있겠습니까? 마침 장성 이북 쪽은 그동안 진 노사께서 수고하셔서 현재는 크게 안정되어 있으니만큼…… 악!"

열변을 토하던 황제가 머리를 부여잡고 비명을 터뜨렸다. 태극무검선제에게 머리를 쥐어 박혔기 때문이다.

그것만으로 끝이 아니다.

퍽! 퍽! 퍽!

태극무검선제가 연달아 황제의 머리통에 군밤을 먹였다. 주먹 사이로 손가락을 튀어나오게 한 후 같은 자리를 연달아 쥐어박았다.

일명 때린 곳 또 때리기!

황제가 연신 비명을 터뜨리며 바닥을 굴렀다. 지독한 고통에 황천의 주인으로서의 체면마저 잊어버렸다. 머리통이 쪼개지는 듯했다.

그러거나 말거나 태극무검선제는 구타를 멈추지 않았다.

아주 제대로 조졌다.

감히 반항조차 하지 못하게 만들었다.

그렇게 얼마나 지났을까?

황제가 구타를 당하다 못해 바닥에 완전히 대자로 뻗자 태극무검선제가 곰방대를 입에 문 채 말했다.

"황천군을 장성으로 회군시키라는 교서를 당장 보내시게나. 날 다시 황제폐위자로 만들고 싶지 않으면 말일세."

"불가능합니다."

"어째서?"

"황천군을 출정시킬 때 마교를 정벌하기 전에는 결코 회군하지 말라는 교서를 내렸습니다. 다시 교서를 내린다 한들 지휘관이 따르진 않을 겁니다. 과거 황천비영주의 반역 시도 같은 사례가 있었으니까요."

"그럼 어쩔 수 없구만."

"짐을 폐위시킬 겁니까?"

"천하를 위태롭게 만들 정도로 멍청한 짓을 했지만 너는 폐위당할 만큼의 폭군은 아니야."

"그럼……."

"뭐, 신경 쓰지 마! 내가 알아서 할 테니까."

"……."

"그리고 호법으로 둔 자들은 내가 이미 치워버렸네. 아마 며칠 정도 지나고 나면 내가 왜 이런 짓을 했는지 알 수 있게 될 게야."

"그게 무슨 말씀이신지…… 아!"

황제가 저도 모르게 탄성을 발했다. 문득 태극무검선제에게 구타당했던 부위로부터 청량한 기운이 퍼져 나가는 걸 느꼈기 때문이다.

그와 함께 또렷해지는 정신!

뭔지 모르나 조금쯤 달라진 듯한 자신을 느낀다. 특별히 콕 찍어서 뭐라 할 수는 없으나 분명 그러했다.

그것도 잠시뿐.

한차례 고개를 갸웃거린 후 눈살을 찌푸리던 황제의 표정이 가볍게 변했다. 문득 곰방대를 문 채 그의 앞에 서 있던 태극무검선제가 자취를 감춰버렸기 때문이다.

"진 노사님……."

"……."

대답은 없었다.

단지 그가 마지막으로 남긴 담배 연기 한 가닥만이 흐릿한 여운으로 남아 있을 뿐이다.

*　　　*　　　*

"헉!"

철무정이 신음과 함께 눈을 떴다.

바짝 긴장한 근육!

단전에서 활성화된 진기가 빠르게 유동하며 온몸이 아파온다. 심상치 않은 부상을 당했음이 분명하다.

그러나 곧 입가에 안도의 기색이 스쳐 갔다.

통증!

바늘로 찌르는 듯한 이 느낌은 오히려 반갑다. 다행스럽다. 겉가죽에 입은 상처일 뿐 근골이나 내기를 상하게 할 정도의 중상은 아니었다.

슥!

덕분에 빠르게 내기를 일주천시킨 철무정은 신속하게 신형을 일으켜 세울 수 있었다.

그는 고양이처럼 자세를 낮춘 채 날카로운 시선으로 주변을 둘러봤다. 자신을 제압하고, 신패왕혈검단을 몰살시킨 검마 주진모를 찾기 위함이었다.

잠시뿐이다.

곧 철무정의 날카롭게 벼려져 있던 눈빛이 조금 무뎌졌다. 그리 멀지 않은 나무 그늘에 대자로 누워 있던 소진엽을 뒤늦게 발견한 때문이다.

슥!

철무정이 얼른 신형을 날려 소진엽에게 다가갔다.

"소교주님!"

"어!"

"무사하셔서 다행입니다!"

"그러게 말야."

소진엽이 퉁명스러운 대답과 함께 천천히 신형을 일으켜 세웠다. 표정이 살짝 꼬여 있다.

철무정이 눈에 이채를 담고 말했다.

"검마 천좌에게서 절 구해 주셔서 감사합니다."

"어쩌다 보니 그리됐을 뿐이야."

"예?"

"의도적으로 철 단주를 구한 건 아니란 뜻이야."

"……."

"역시 그렇군! 과연 그래!"

소진엽이 갑자기 입을 다문 철무정을 향해 몇 차례에 걸쳐 고개를 끄덕여 보였다. 지금 이 순간, 동조를 통해 검마 주진모로부터 알아낸 사실이 진실임을 확실하게 깨달았다. 결코 믿고 싶지 않았던 현실과 맞닥뜨리게 된 것이다.

퍽!

소진엽의 정권이 철무정의 명치를 가격했다.

"헉!"

철무정의 허리가 꺾였다. 그 정도로 소진엽의 주먹에 담긴 힘은 강력했다.

퍽!

이번에는 정강이다.

자오원앙각으로 허리가 꺾인 철무정의 허벅지를 걷어차 바닥에 쓰러뜨린 소진엽이 발을 들어 올렸다. 철무정의 얼굴을 짓밟아 버릴 작정이었다. 정말 그러려고 했다.

"……."

그러나 바닥에 쓰러진 철무정의 여전히 굳게 다물려 있는 입술과 담담한 눈빛이 소진엽의 행동을 가로막았다. 철무정의 얼굴에 마지막 일격을 가하지 못하게 했다.

"씨발!"

소진엽이 욕설과 함께 발을 내려놨다. 전신에서 보기 드물게 강력한 마기가 뭉클거리며 쏟아져 나온다. 마음속의 분노가 자신도 모르게 구체화된 것이다.

그것도 잠시뿐.

곧 미친 듯 폭출되던 마기를 가라앉힌 소진엽이 철무정에게 손을 내밀었다.

"……소교주님."

"내 손을 잡아."

"……"

"싫어?"

소진엽이 다시 인상을 써 보이며 마기를 일으키자 철무정이 한숨과 함께 그의 손을 잡았다.

슥!

그렇게 단숨에 신형을 일으켜 세운 철무정에게 소진엽이 말했다.

"내게 말하지 않은 사실이 있었지?"

"그건……"

"검마 천좌에게서 이미 현 신마성궁의 상황을 알아냈어. 요사이 사부님이 태상마군을 실각시킨 걸 말야. 당연히 철 단주가 그 같은 사실을 모르진 않았을 터!"

"……"

"그런데도 철 단주는 내게 사부님과 관계된 어떤 말도 하지 않았어. 그냥 태상마군을 핑계로 멸천마후와 날 싸우게 하려고만 했을 뿐. 그게 뜻하는 게 무얼까?"

"……"

"쳇! 생각해보면 나도 웃긴 놈이지. 철 단주는 패왕혈검 단주! 사부님의 충복 중의 충복이니, 그분의 명령을 최우선시하는 게 당연한 일인 건데……."

"……."

"……그런데 말야. 나는 철 단주가 날 속인 게 화가 나! 이상하게 가슴이 아프다구!"

소진엽이 자신의 가슴을 주먹으로 때렸다.

몇 차례나 때렸다.

나지막한 목소리와는 전혀 다른 눈빛과 함께 그리했다.

"하아!"

철무정이 한숨을 내뱉었다.

표정 역시 평상시와는 조금 다르다.

강철을 조각해 놓은 것 같던 철혈의 얼굴 한켠에 살짝 균열이 생겨났다. 소진엽의 고통스러운 진심 토로가 만든 작은 변화이리라.

그러나 단지 그뿐이었다.

곧 평상시처럼 표정을 일신한 철무정이 담담하게 말했다.

"소교주의 말대로 나는 얼마 전 교주님의 전언을 받았소. 본의 아니게 소교주를 속인 것이 되었으니 미안하게 되었소."

"흥!"

나직이 코웃음 친 소진엽이 팔짱을 끼고 말했다.

"그래서 사부님은 어찌하실 작정이신 거지?"

"교주님께서는 내게 소교주를 신마성궁으로 무사히 데려오라고 명령하셨소."

"단지 그뿐이라고?"

"그렇소."

"그럼 어째서 내게 그 사실을 숨겼던 거지?"

"그건……."

잠시 말끝을 흐린 채 고심어린 표정을 지어 보인 철무정이 마음을 굳힌 듯 말했다.

"……교주님은 혼자서 태상마군을 실각시킨 게 아니오."

"조력자가 있었다는 거야?"

"그렇소. 그리고 그녀는 소교주가 익히 알고 있는 사람이오."

"그녀? 설마!"

소진엽이 대경한 기색으로 철무정의 멱살을 거머쥐었다. 방금 전과는 비교조차 할 수 없는 마기가 그의 전신에서 스멀거리며 쏟아져 나오고 있었다. 그 정도로 격렬한 마음의 격동을 느낀 것이다.

철무정이 살짝 어두워진 기색으로 말했다.

"소교주의 예상대로 교주님의 조력자는 고독검마후요."

"그녀가 어떻게?"

"소교주가 신마성궁을 떠나고 얼마 지나지 않아서 고독검마후는 천마대전을 탈출했소. 태상마군은 즉시 추격대를 편성했으나 모두 실패했는데, 중간에 교주님과 조우한 것 같소."

"그래서!"

"태상마군을 실각시킨 후 교주님은 고독검마후와 함께 천마대전에 머물러 계시오. 두 분은 줄곧 같이 지내고 있으니만큼 이미……."

"입 닥쳐!"

소진엽이 버럭 소리 지르며 철무정을 뒤로 확 밀어버렸다. 여태까지와는 사뭇 다른 기운의 방출!

신수!

마공과 상극 중 상극이라 할 수 있는 태극무한신공에 내부가 진탕된 철무정이 입에서 피를 토했다. 패도에 가까운 소진엽의 마기조차 버려냈던 호신지체가 단숨에 붕괴되어 버린 것이다.

"……이럴 것 같아서 소교주한테 교주님의 전언을 전하지 않았던 것이오."

"입 닥치라고 했다!"

"마지막으로 한마디만 하고 명에 따르겠소. 교주님한테 패퇴한 태상마군은 현재 성녀님과 함께 천마총에서 농성 중이시오. 만약 나와 함께 교주님을 찾아가지 않으시려 거든 검마 천좌와 함께 그곳으로 찾아가시는 게 좋을 것이오."

"그건 무슨 소리지?"

"현재 소교주에겐 두 가지 길이 있고, 그중 하나를 선택할 수 있다는 뜻이오."

"……."

소진엽이 잠시 침묵 속에 철무정을 노려봤다.

— 마검혈풍영 철무정!

천마신교 교주 직속 친위대 패왕혈검단의 단주인 철혈의 사나이는 방금 전 놀라운 발언을 내뱉었다. 여태까지 목숨을 바쳐 충성하던 신마대제 담대광의 명령을 위반할 각오를 소진엽에게 내보인 것이다.

그리고 그건 어쩌면 소진엽이 철무정에게 느낀 감정과 닮은 것이리라!

분명 그랬다.

그래서 소진엽은 기분이 조금 풀렸다. 방금 전까지 미칠 것처럼 가슴속에 가득 찼던 분노가 눈 녹듯 사라졌다. 우습게도 말이다.

피식!

문득 가볍게 미소를 지어 보인 소진엽이 다시 신수를 펼쳐서 철무정의 단전을 눌렀다.

"헉!"

"참아!"

퉁명스러운 목소리와 달리 여전히 입가에는 미소가 넘실거린다. 마찬가지로 태극무한신공의 운용 역시 처음과는 다르다.

공격이 아니라 치유!

신수를 통해 순식간에 철무정의 체내로 스며든 태극무한신공이 빠르게 그의 다친 혈맥을 치료했다. 방금 전 당한 내상뿐 아니라 검마 주진모에게 당한 상처까지 한꺼번에 완치시켜 버렸다.

게다가 여력이 남아서였을까?

내상을 치료한 태극무한신공이 철무정의 기경팔맥으로 퍼져갔다. 그가 평생 동안 연마한 마공으로 인해 얻은 온갖 종류의 장애까지 치료하기 시작한 것이다.

휘오오오오!

덕분에 무학의 새로운 영역으로 한발을 내딛게 된 철무정의 전신에서 휘황한 광채가 일어났다.

기연?

항상 의외의 상황에서 얻게 된다.

　　　　　　＊　　　　＊　　　　＊

　달달달달!

　연신 다리를 떨고 있는 장소량을 향해 반교연이 이맛살을 찌푸려 보았다.

　"다리 좀 그만 떨어요! 가뜩이나 정신 사나워 죽겠는데……."

　"응?"

　"……그 다리 말예요! 그 전혀 멈출 것 같지 않은 다리!"

　"크흠! 큼!"

　반교연이 빽 소리를 지르자 장소량이 뒤늦게 자신의 실태를 깨닫고 다리 떨기를 멈췄다.

　잠시뿐이다.

　곧 다시 다리를 달달거리기 시작한 장소량이 안색을 딱딱하게 굳혔다. 인생 중 가장 심각한 공포에 시달리고 있음을 짐작케 하는 모습이다.

　반교연이 한심하다는 듯 바라보다 입가에 한숨을 매달았다.

　"에휴, 그렇게 결정을 내리지 못하겠어요? 계산 하나만큼은 최고라면서요?"

　"그러게 말일세."

"예?"

"계산 하나만큼은 최고인 내가 말야! 모사로써 세상을 살아온 내가 지금 제정신이 아닌 것 같아서 걱정이 되네그려."

"……."

반교연이 입술을 가볍게 벌리며 놀란 기색이 되었다.

장소량!

보면 볼수록 볼품없는 중늙은이.

하지만 항상 예상치 못한 상황에서 감탄을 금치 못하게 만드는 신묘한 재능을 지니고 있었다. 결코 취향을 존중하기 힘든 외양조차 무시하게끔 하는 힘을 지닌 사람이었다.

그런 그가 지금 고민하고 있었다. 결정 내리길 주저하고 있었다.

어째서?

내심 눈살을 찌푸려 보인 반교연이 말했다.

"우리 그냥 도망치는 게 어때요? 이대로 심산유곡으로 숨어들어서 세상을 등지는 거예요."

"그것도 하나의 방도가 될 수 있겠지."

"목숨을 구하는 방도예요!"

"그렇기는 한데……."

"뭘 그리 고민하는 거예요? 설마 진짜로 태상마군의 말대로 하려는 건 아닐 테지요?"

"……"

"미쳤어! 미쳤어!"

반교연이 왈칵 소리를 지르며 장소량의 어깨를 마구 때렸다. 비로소 그가 뭘 고민하고 있었는지를 깨달았기 때문이다.

"임자!"

"안 돼요! 절대 안 돼요!"

날카롭게 소리 질러서 장소량의 말을 중간에 끊은 반교연이 양손을 잘록한 허리에 가져다 댔다. 얼굴이 있는 대로 붉어진 게 당장에라도 폭발할 듯싶다.

"당신은 태상마군을 죽이기 위해 신마성궁에 갔어요!"

"하지만 이미 태상마군님은 교주님에게 패퇴해 천마총으로 퇴각한 상태였지."

"그래요! 그리고 혼돈지문인가 뭔가 하는 건 이미 교주님이 열어서 신마성궁 전체가 천마총 일대를 제외하곤 들어갈 수도 없게 됐어요! 당신이 할 수 있는 더 이상 아무것도 없게 되어버렸다고요!"

"그렇지. 분명 그래."

"그럼 됐잖아요! 당신은 세상을 구하기 위해 최선을 다했으니, 충분하잖아요!"

"……"

"그런데 어째서 천마총으로 숨어들어 가서 태상마군을

만난 거예요? 그에게 말도 안 되는 명령을 듣고, 소교주님을 찾아 나선 거냐고요?"

"그건……."

"또 그놈의 복잡한 사정이 있는 거예요? 태상마군을 죽이려고 신마성궁으로 떠날 때처럼?"

"……그러네."

"망할 인간!"

버럭 소리를 지른 반교연이 장소량의 멱살을 거머쥐고 이를 박박 갈며 말했다.

"그럼 같이 가요!"

"임자……."

"끝까지 함께 가는 거예요! 죽이 되든 밥이 되든지 간에!"

"……."

장소량이 감격한 기색으로 반교연을 바라보다 갑자기 그녀에게 입을 맞췄다.

쪽!

"뭐 하는 거예욧!"

"어허, 가만있어봐!"

"이 망할 인간이……."

반교연이 여전히 욕설을 내뱉으면서도 장소량을 밀어내진 않았다. 못 이기는 척 받아들였다.

아패(阿貝).

청해와 사천의 경계에 속하는 소도시를 얼마 남기지 않고 벌어진 일이었다.

148장

무영귀서 장소랑을 찾아서……

툭!

철무정이 절반가량 날아간 방립의 챙을 손가락으로 건드린 후 말했다.

"후회하지 않겠습니까?"

"글쎄?"

"앞서 말했다시피 현재 교주님은 과거와는 완전히 달라졌습니다."

"그럴 거라 생각해."

"그런데도 교주님의 명에 따르시겠다는 겁니까?"

"사부님의 명령에 따르겠다는 말은 한 적 없는데?"

"예?"

철무정이 당황한 기색이 되었다.

소진엽은 태극무한신공으로 그의 내상을 치료해 준 후 사부 담대광을 찾아가겠다고 선언했다. 철무정이 담대광을 배신할 작정을 하고 언질해 준 사항에 대해선 일언반구조차 없이 말이다.

그래서 복잡한 심경이었다. 담대광의 변화한 모습을 직접 목도한 바 있었기 때문이다.

그 같은 철무정의 내심을 눈치챈 것일까?

소진엽이 갑자기 피식 웃어 보였다.

"철 단주도 사람이 많이 바뀌었군요. 예전에는 그냥 얼음 덩어리 같더니만."

"소교주님……."

"그런 표정 지을 필요 없어요. 사부님을 직접 만난 후에 내가 갈 길을 결정하기로 한 것뿐이니까."

"……알겠습니다."

"표정이 돌아왔군. 그럼 신마성궁까지 잘 부탁드리겠소."

"내 모든 신명을 바쳐서 소교주님을 신마성궁으로 모시겠습니다."

"뭐, 그 정도까지 하실 필요는 없고……."

"그럴 작정입니다! 반드시 그리할 것입니다!"

두 차례에 걸쳐서 목소리를 높인 철무정이 갑자기 신형

을 돌려세웠다.

패앵!

그리고 발검!

그의 허리춤에 매달려 있던 검갑을 뚫고, 칠흑 같은 묵광이 솟아나왔다.

묵검참영!

과거와는 판이하게 달라진 위력이다.

여전히 묵검에 담긴 검기는 검었으나 묘한 광채가 겉대여져 있었다. 흡사 성광(聖光)!

마도의 검객인 철무정에겐 어울리지 않는다.

분명 그런 검기를 그의 묵검참영은 담아낸 채 검은 화살처럼 대기를 가로질렀다.

쩌엉!

하나 갑자기 부딪친 거대한 장벽!

철무정보다 먼저 날아간 묵검참영의 칠흑 검기에서 검붉은 불꽃이 튀어 올랐다. 한차례 부딪힘으로 포기하지 않고 다른 변화를 일으키며 자신을 가로막은 장벽에 흠집을 내기 시작한 것이다.

묵검탈혼난비!

그다음은 묵향만리, 묵향멸난비가 연달아 펼쳐졌다. 그렇게 연속적으로 변화하며 자신의 앞을 가로막고 있는 거대하고 강대한 무형의 장벽을 파훼하려 했다. 결코 포기하려하지 않았다.

스으 — 팟!

그때 철무정이 뒤늦게 자신이 펼친 칠흑 검기의 뒤를 따라잡았다.

그의 손에 다시 묵검이 들려졌다.

칠흑의 검기!

더욱 강력해진다. 삽시간에 몇 배가량 위력이 배가된 것 같다.

파창!

그 기세를 몰아 철무정의 묵검이 공간을 가로질렀다. 종횡했다. 무형의 장벽을 향해 자신의 모든 기운을 쏟아 부었다.

쩌쩡!

무형의 장벽에 금이 간다.

보이지 않는 흠집이 생겨나더니 곧 요란한 파열음을 내며 부서져 내렸다.

스파앗!

그 사이를 단숨에 돌파하는 철무정!

묵향멸난비!

그와 하나 된 묵검이 단숨에 무너져 내린 장벽을 뛰어넘었다. 순식간에 주변의 대기 전체를 칠흑의 공간으로 난자할 것이다.

그리되지 않았다.

그러기 직전 상황이 급반전되었다.

파창!

철무정이 만들어낸 묵향멸난비의 칠흑 검기를 향해 갑자기 검은 용권풍이 휘몰아쳐 왔다.

그 모습은 흡사 한 마리 흑룡!

공중에서 거대한 똬리를 틀더니 순식간에 철무정의 칠흑 검기를 집어삼킨다. 검은 이빨을 드러내며 무지막지하게 물어뜯으려 했다.

"큭!"

철무정이 신음과 함께 묵검을 회수했다.

자신의 가슴팍으로 잡아당기며 기력을 모았다.

상대방의 강함을 인정한 것이다.

그렇기에 단단히 자신을 방어한 후 반격의 기회를 잡고자 했다.

그러나 그 순간 검은 용권풍 속에서 검은 도기가 솟구쳐나왔다.

쉬잇!

철무정의 안색이 딱딱하게 굳었다.

묵검참영!

호흡이 흐트러진 상태로 펼칠 수밖에 없었다. 죽음을 면하기 위해 완성되지 않은 검초를 펼쳐냈다.

쾅!

결과는 예상대로다.

벼락에 얻어맞은 듯한 충격과 함께 철무정이 뒤로 주르 륵 밀려났다. 결국 방금 전 돌파했던 거리만큼 물러나게 된 셈.

"도마 천좌!"

철무정이 다시 묵검과 하나가 된 채 부르짖었다.

"마검혈풍영!"

검은 용권풍 속에서 암천흑룡등천도와 하나가 된 도마 사마무군이 역시 소리 질렀다.

방금 전의 격돌!

대번에 상대가 누군지 알아봤다.

두 번째 격돌 시에는 아마 두 사람 중 한 명은 죽음을 각 오해야만 할 터.

— 묵검과 암천흑룡등천도!

철무정과 사마무군이 서로를 향해 한 치의 망설임도 없 이 검과 도를 들이밀었다. 촌각의 망설임도 없이 상대를 죽이기 위해 살수를 펼친 것이다.

아니, 그러려고 했다.

"헉!"

"으음!"

갑자기 철무정과 사마무군이 거의 동시에 신음을 터뜨렸다.

안색 역시 완전히 굳어졌다.

전혀 예상치 못했던 상황에 당황했기 때문이다.

파창! 파창!

그때 그들의 손아귀를 벗어난 검과 도!

두 사람이 생명처럼 여기던 묵검과 암천흑룡등천도가 생명을 얻은 듯 하늘로 날아올랐다. 마치 멈췄던 시간이 갑자기 움직인 것처럼 그리되었다.

'착각이 아니다!'

'정말로 중간에 시간이 멈췄다!'

철무정과 사마무군이 역시 동시에 침중한 표정이 되었다. 놀랍게도 그들은 자신의 손을 벗어난 검과 도를 거둬들일 엄두조차 내지 못했다. 잔뜩 긴장한 채 이후 벌어질 일을 대비하는데 온 정신을 집중시키고 있었다.

그럴 수밖에 없다.

두 번째 격돌의 순간!

두 사람은 일종의 강한 저항력과 맞닥뜨렸다. 상대를 쓰러뜨리기 위해 전력을 집중한 상태에서 제삼의 강력한 적이 끼어든 것이다.

하물며 제삼의 적은 동시다발적으로 두 사람을 옥죄였

다. 삽시간에 정신을 분산시키고, 내력을 흐트러뜨렸다. 일시 어떤 초식도 펼칠 수 없게 만들었다.

그리고 뒤늦게 손을 벗어난 검과 도!

하늘로 날아오른 묵검과 암천흑룡등천도를 두 사람은 그저 바라볼 수밖에 없었다. 어떻게 이런 일이 가능할 수 있었는지 짐작조차 할 수 없었기 때문이다.

슥!

그때 또다시 두 사람의 집중력을 허물어뜨리며 소진엽이 모습을 드러냈다.

"소교주······."

"잠깐만!"

소진엽이 사마무군의 말을 중간에서 끊고 하늘을 향해 손을 휘저어 보였다.

쩡! 쩡!

그러자 또다시 공중에서 맞붙은 묵검과 암천흑룡등천도가 몇 차례 요란한 소리를 내며 밑으로 떨어졌다. 쏜살같이 내려와 자신들의 집으로 돌아갔다.

움찔!

철무정이 자신도 모르게 어깨를 가볍게 떨어 보이곤 눈살을 가볍게 찌푸렸다. 사마무군의 태연자약한 태도를 확인했기 때문이다.

'소교주님 덕분에 무공의 벽 하나를 뛰어넘었다고 생각

했거늘…… 아직 도마 천좌와 견주기에는 부족하구나!'

얼마 전 싸웠던 검마 주진모와는 또 다른 품격!

그것이 바로 도마 사마무군이었다.

그의 존재감을 새삼스레 느끼며 철무정이 내심 고개를
끄덕여 보였다. 방금 전 사마무군과의 대결 시 잠시나마
밀리지 않았던 것에 일단 만족하기로 했다. 후일 그와 결
착을 낼 기회가 있으리란 판단이었다.

그때 소진엽이 말했다.

"도마 천좌, 못 본새 고초가 심했던 듯합니다?"

"고초라……."

사마무군이 자신의 휑하니 비어 있는 오른팔 쪽을 바라
보고 입가에 쓴웃음을 매달았다.

*   *   *

신마성궁.

평상시처럼 천마대전 앞을 지키던 도마 사마무군이 눈
살을 찌푸려 보였다. 경외지문 밖으로부터 엄청난 기운을
품은 침입자가 빠르게 접근해 오고 있음을 느꼈기 때문이
다.

슥!

즉시 애도 암천흑룡등천도에 손을 뻗으려다 그는 곧 포

기했다.

'이미 늦었다…….'

명쾌한 결론이다.

전혀 예상치 못했던 일이나 곧바로 받아들였다. 수백 장 밖까지 확장하고 있던 기감의 영역 안에 이미 작은 파탄이 일어났음을 깨달았으니까.

그렇다면 이젠 어찌해야 하는가?

사마무군이 부근에 대기시켜 놓은 혈월마도군 사마무기를 바라봤다. 자신이 느낀 이변의 징후를 그가 조금이라도 간파했는지를 확인하기 위함이었다.

'……틀렸군.'

역시 명쾌하다.

사마무기에게선 어떠한 경계심도 느껴지지 않았다.

그는 평상시처럼 마도참살대와 함께 노닥거리고 있었다. 시시껄렁한 음담패설을 주고받으며 시간을 죽이는 게 하는 일의 전부였다.

물론 초절정의 고수답게 주변 경계는 게을리하지 않고 있다. 만약 겉으로 보이는 느슨함에 혹한 살수가 공격이라도 한다면 당장 수천 조각의 넝마로 바뀌어 바닥에 피를 쏟고 말리라.

그래서 사마무군은 더욱 틀렸다고 여겼다.

사마무기 정도의 초절정 고수조차 이변을 간파하지 못

했다.

즉, 그가 이끄는 마도참살대 전부가 무용지물이었다. 어떠한 도움도 되지 못했다. 놀랍도록 빠르게 거리를 좁혀오고 있는 침입자로부터 사마무군 자신을 구하는 데는 말이다.

그러니 다른 도리가 없다.

팟!

사마무군이 다시 암천흑룡등천도로 손을 뻗었다. 자기 스스로의 힘으로 침입자를 상대하기로 마음먹은 것이다.

푸확!

그 순간 솟구친 피의 폭발!

"큭!"

사마무군이 신음과 함께 신형을 옆으로 이동시켰다. 좌정한 상태로 일종의 육지비행술을 펼쳤다. 이형환위나 다름없는 환영을 만든 채 그리했다.

툭!

그와 함께 바닥에 떨어져 내린 팔!

암천흑룡등천도의 도병을 단단히 붙잡은 채다. 놀랍게도 사마무군은 발도조차 하지 못한 채, 한 팔을 잃어버렸다. 뒤늦게 간파한 침입자로부터 말이다.

'이건…… 천마초절예다!'

감이다.

한 번도 상대해 본 적은 없으나 확실히 감이 왔다. 천마대전에서 멸천마후와 천마대조의 대결을 목도한 적이 있었기 때문이다.

그러니 팔 하나쯤 잃어버린 걸 아까워해선 안 된다.

최초의 일격!

절대 피할 수 없을 것 같던 침입자의 살수로부터 목숨을 구해낸 대가다. 어쩌면 싸게 막았다고 봐도 무방할 터였다. 그렇게 생각하는 편이 마음이 편했다.

팟!

그래서 사마무군은 웃었다.

입가에 가느다란 미소를 만들어 내며 신형을 회전시켰다. 아직 온전한 왼손으로 암천흑룡등천도를 낚아챘다. 그리고 바닥을 가르며 반격의 일격!

번쩍!

묵룡이 날아올랐다.

암천흑룡등천도의 도신으로부터 솟구쳐 오른 검은 용이 단숨에 사마무군의 전신을 에워쌌다. 작은 소용돌이를 몇십 개나 만들어 내서 철통같은 무형의 장벽을 만들어 냈다.

촌각!

찰나를 몇 등분으로 나눈 시간 만에 벌어진 일이다.

그러나 순간 사마무군의 입가에 머물러 있던 미소가 씻

은 듯 자취를 감췄다.

'어느새······.'

암천흑룡등천도를 쥔 왼손이 가느다란 떨림을 보인다. 한 번도 경험해 본 적이 없는 미지의 공포에 소름이 돋는 걸 느꼈다.

퍼퍽!

혈월마도군 사마무기의 머리통이 폭발했다.

퍽!

퍼퍼퍼퍼퍼퍼퍼퍼퍼퍽!

그와 음담패설을 나누며 즐거워하고 있던 마도참살대의 운명 역시 다르지 않다. 사마무기와 거의 동시에 수백에 달하는 마도참살대 전체의 머리통이 폭발했다. 산산조각이 나서 육편이 천지사방으로 나뒹굴었다.

그렇게 형성된 피의 폭풍!

대기를 자욱하게 물들인 피비린내를 뚫고 한 명의 여신이 떨어져 내렸다.

— **고독검마후 구양령!**

분명 그녀다.

겉모습만큼은 결코 틀림이 없었다.

그러나 사마무군의 본능은 그 같은 사실을 부인했다. 아예 가능성조차 인정하려하지 않았다.

'천마대조? 아니, 그보다 더욱 무서운 존재다!'

어느 때보다 명쾌한 결론이다.

자신의 생명을 건 자만이 내릴 수 있는 결론이었다. 지금 이 순간 생사존망을 결정해야만 하기 때문이다.

"으득!"

사마무군이 이를 악물었다.

공포!

평생 경험한 바 없는 미지의 감정을 그는 이겨냈다. 아무것도 해보지 못하고 무의미한 죽임을 당할 수 있다는 현실을 있는 그대로 받아들였다.

팟!

떨림이 멈췄다.

마음의 동요 역시 사라졌다.

이젠 승부뿐!

사마무군의 암천흑룡등천도가 눈앞에 강림한 피의 여신 구양령을 겨눴다. 그녀에게 일평생 중 최강의 일초를 선사할 작정이었다. 자신이 체득한 무학의 정수를 모아서 반드시 제대로 된 일격을 가할 심산이었다.

'그게 현재로선 최선?'

웃긴다.

결연한 각오 끝에 내놓은 자신의 선택에 사마무군의 내

심 실소를 지어 보였다. 그리고 드디어 결행!

쿠오오오오!

순간 사마무군의 암천흑룡등천도를 중심으로 검은색 용권풍이 일어났다. 빠르게 회오리를 형성하며 기하급수적으로 확산되었다. 단숨에 구양령을 집어삼키려 했다.

하나 그 순간 기다렸다는 듯 구양령의 배후에서 모습을 드러낸 거대한 손그림자!

퍽!

'천마…… 멸신조……?'

마지막 중얼거림과 함께 사마무군이 정신을 잃어버렸다. 구양령이 만들어낸 거대한 손그림자에 집어삼켜 진 채.

＊　　＊　　＊

"도마 천좌, 구양 소저는 여전히 천마대조의 그릇이 되어 있는 것이오?"

"천마대조의 그릇이라……."

자신의 설명을 묵묵히 듣고 있던 소진엽이 갑자기 끼어들자 사마무군이 눈살을 살짝 찌푸려 보였다.

기분이 나빠서가 아니다.

잠시 생각할 시간이 필요했다.

"……분명 구양 마군은 천마대조의 천마초절예를 사용했소이다. 그리고 그 위력은 전날 천마대전에서 목도했던 멸천마후의 위세를 뛰어넘었소이다. 하지만 현재 그녀에게 천마대조의 잔재는 더 이상 남지 않았을 거라 생각되오이다."

"그리 생각하는 이유는 무엇이오?"

"그녀가 교주님의 명령을 받고 있었기 때문이오."

"사부님께서 이미 천마대조를 제압했다는 뜻이군?"

"그렇소이다. 내가 본 구양 마군은 완벽한 교주님의 노예였소이다. 아니, 그보다는 꼭두각시라고 하는 게 더 옳은 표현일 것이오."

"……"

"사실 교주님께서 돌아오신 후 신마성궁은 인세에 존재하는 마계로 변해 버렸소이다. 솔직히 구양 마군뿐 아니라 신마성궁 내에 속한 모든 신교도들은 교주님의 꼭두각시가 됐다고 할 수 있소이다. 태상마군님과 천마총으로 도피한 일부를 제외하고 말이오."

"사부님께서 태상마군을 살려둔 이유는 무엇이오?"

"그건 나도 모르겠소이다. 구양 마군에게 제압당했다가 깨어났을 때 이미 신마성궁은 마계로 변해 있었기 때문이오."

"그렇군."

소진엽이 미미하게 고개를 끄덕여 보였다. 사마무군의 말을 듣는 동안 항주 무림맹에 강림한 사부 담대광으로 인해 벌어진 일들이 떠올랐다.

— 혼돈지문의 출현!

이계라 할 수 있는 연옥과 하나가 되어 지상에 강림한 마신 담대광은 혼돈지문 그 자체나 다름없었다. 그가 천마대조의 그릇이 된 구양령을 제압하고 신마성궁을 마계로 만든 것은 그리 놀랄만한 일은 아니었다.

다만 한 가지 이해가 안 되는 일이 있었다.

'진 노사님의 말에 따르면 사부님을 통해 인세에 혼돈지문을 연 사람은 태상마군이다. 사부님을 이용해 정파 무림과 황천을 파멸시키고, 여세를 몰아서 마도천하를 이루기 위함이었다. 그런데 어째서 사부님이 자신을 비롯한 천마신교로 복수하러 오는 것에 대해 아무런 대비도 하지 않은 것일까?'

— 태상마군 소리산

여태까지 소진엽이 본 사람 중 가장 빼어난 걸물 중 하나다. 경세적인 무공은 둘째치고, 백여 년간 마도제일이라 손꼽혔던 모사의 능력은 감히 최고라 할 수 있었다. 자만감과 주책을 빼면 시체라 할 수 있는 장소량조차 소리산 앞에선 겸허함을 아는 군자가 될 정도였다.

하물며 소리산에게 있어 사부 담대광을 이용한 마도천하지계는 가히 평생을 바친 역작이라 할 만했다. 무공이 신선의 경지에 오른 태극무검선제조차 쉽사리 예측하지 못할 만큼 경천동지한 천하대계인 것이다.

당연히 그런 대계에 허투루 다룬 부분이 존재할 리 없었다. 분명히 아주 작은 가능성이나 변수까지 계산하여 현재와 같은 상황을 조작했음에 분명했다. 하나에서 열까지 모든 것이 소리산의 작품이라는 뜻이다.

'검마 천좌! 그는 태상마군에게 날 데려가려고 철 단주와 패왕혈검단을 공격했다. 사부님에게 구양 소저가 붙잡혀 있는 걸 알면 내가 그분에게 투항할 걸 염려했던 것일까? 아니다! 그런 이유 정도로 태상마군이 자신의 가장 강력한 전력을 내게 보내진 않았을 거야. 설사 태상마군이 나와 진 노사님의 만남을 미리 눈치챘다 해도 그렇게까지 할 이유는 없다. 그럼 도대체 무엇 때문에 태상마군은 날 필요로 한 것일까?'

사유를 거듭할수록 소진엽은 골치가 아파졌다.

이런 일은 모사의 몫이다.

이미 오래전에 검에 일생을 건 무인의 길을 걷게 된 소진엽에겐 어울리지 않았다. 차라리 이대로 신마성궁으로 달려가서 사부 담대광의 손에서 구양령을 구출하는 편이 쉬울 것 같았다.

"좋아!"

갑자기 소진엽이 버럭 소리를 질렀다. 양손 역시 꽈악 잡아 보인다.

기세의 방출!

태극무한신공과 지존천강력이 거의 동시에 그의 전신에서 휘몰아치며 솟아올랐다. 태극무검선제의 삼초를 받아내는 동안 자연스럽게 융합된 두 신마공이 마음껏 위세를 발휘하기 시작한 것이다.

"크윽!"

"으윽!"

철무정과 사마무군이 당혹감에 찬 신음을 터뜨렸다. 특별히 살기를 일으키지 않았음에도 소진엽일 일시 방출한 기세를 감당하기가 쉽지 않았다.

팟!

그러자 순간적으로 자취를 감춘 기세!

소진엽이 꽉 잡았던 양손을 풀고는 잔뜩 긴장해 있는 사마무군에게 말했다.

"도마 천좌! 당신이 보기에 내가 사부님을 상대할 수 있겠소?"

"……."

"그런 표정 지을 필요 없소! 나는 태상마군과 합세해서 사부님을 배신할 생각이 없으니까."

"하면 어찌 그런 질문을 하시는 것이외까?"

"궁금해서요."

"……."

"아니, 그보다는 확인을 하고 싶기 때문이오."

"무엇을 확인하고 싶은 것이외까?"

"내가 위대한 신마대제로부터 신마좌를 쟁취할 수 있는지에 대한 궁금증이오!"

"소교주님은 독자적으로 교주님에게 대항하려 하시는 겁니까?"

"그렇소."

"……."

사마무군이 입을 다문 채 잠시 소진엽을 바라봤다. 그의 진심을 파악하기 위함이었다.

'곧은 눈빛! 날 속이려하는 것은 아니로구나…….'

내심 고개를 끄덕여 보인 사마무군이 조심스러운 표정으로 말했다.

"소교주님께서 본심을 밝히셨으니 말을 돌리지 않겠소이다."

"원하는 바요."

"앞서 말했다시피 현재 신마성궁은 교주님에 의해 마계로 변해 있소이다. 소교주님의 능력이 과거에 비할 바가 아닐 듯하나 교주님으로부터 신마좌를 쟁취하긴 힘들 겁니다."

'결국 도마 천좌도 내가 태상마군과 손을 잡아야만 한다고 생각하는 거로군…….'

소진엽이 내심 눈살을 찌푸려 보였다.

— 신마대제 담대광!

사부이자 천마신교의 교주인 그의 무서움은 누구보다 소진엽 자신이 가장 잘 알고 있었다. 처음 만난 후 지금까지 모든 무공의 기초를 잡아준 사람이었기 때문이다.

그러나 태극무검선제의 가르침을 받은 후 살짝 마음이 달라졌다. 그가 가르쳐준 모든 무공이 태극무검선제에겐 아무런 영향도 미치지 못했다. 하나하나 파훼되어 특별함을 완전히 잃어버렸다.

그래서 조금쯤 자신감을 갖게 되었다.

신마좌!

사부 담대광으로부터 쟁취할 수 있을 것 같았다. 그런 마음으로 신마성궁을 향하고 있었다.

한데 철무정을 비롯한 모든 자들이 대놓고 부정적인 평

가를 내리니 조금 마음이 불안해졌다. 낙양 뒷골목에서부터 몸에 붙었던 못된 습성이 다시 고개를 들었다. 확률이 낮은 일에선 빠져나가란 악마의 속삭임이 머릿속을 맴돌기 시작한 것이다.

까닥!

문득 고개를 갸웃해 보인 소진엽이 갑자기 버럭 소리 질렀다.

"비마 천좌도 도마 천좌와 같은 의견인 것이오?"

'비마 천좌? 뇌음신이 이곳에 온 것인가!'

사마무군의 눈 깊은 곳에서 아채가 스쳐 갔다. 예상을 뛰어넘는 소진엽의 무공 방출에 짓눌려서 주변에 대한 경계가 소홀해졌다. 뇌음신이 부근에 다가든 것을 미처 간파하지 못했을 만큼 말이다.

그때 소진엽이 하늘을 향해 손가락을 치켜 올렸다.

팟!

하늘로 치솟는 뇌광!

천공의 벼락! 단천뢰심강이 역류하듯 하늘로 치솟아 올랐다.

'우와악!'

만리비붕익을 조종해 하늘을 선회하던 비마 뇌음신이 내심 비명을 터뜨리며 땅으로 떨어져 내렸다. 느닷없이 지상에서 날아든 단천뢰심강의 뇌격에 대경실색한 것이다.

번쩍!

그러자 갑자기 방향을 바꾼 뇌격!

흡사 환상처럼 뇌음신의 주변을 스쳐서 하늘 저편으로 사라져 버린다.

부아앙!

그러거나 말거나 뇌음신은 어느새 족히 천 길은 될 듯한 높이에서의 직하강을 하고 있었다. 단천뢰심강의 공격에 놀라서 더 이상 하늘에 머물 생각을 포기했다. 다시 그 같은 공격을 당하면 목숨을 건질 수 없으리란 판단이었다.

휘리릭!

그렇게 급격히 하강한 뇌음신이 바닥에 처박히기 직전 살짝 만리비붕익의 날개 방향을 수정했다. 마지막 순간 오히려 상승 기류에 올라탐으로써 추락 시의 충격을 최소한으로 만든 것이다.

슥!

착지와 함께 뇌음신이 소진엽을 향해 달려들었다. 표정이 흉신악살같이 변한 것이 당장에라도 목숨을 건 생사결전을 벌일 것 같은 기세다.

"소교주, 자살은 안 되네!"

"자살?"

"신마좌를 놓고 교주님과 담판을 벌이겠다며? 그랬다가

는 그냥 죽는 거네! 소성녀의 기대를 완전히 저버리는 것이야!"

"소성녀가 보낸 겁니까?"

"그러네! 소성녀께서 절대 자네를 교주님한테 보내지 말라고 신신당부하셨다네!"

"그건 다행이군."

"다행?"

"아직 소성녀가 무사하니 다행이란 것이오. 그녀는 지금 태상마군과 함께 천마총에 있는 것일 테지요?"

"그러네. 하지만 상황이 매우 안 좋아!"

뇌음신이 인상을 쓴 채 말하다 사마무군과 철무정을 매섭게 째려봤다. 흡사 불구대천의 원수를 보는 듯하다. 못 본 새 무척 사이가 나빠진 것 같다.

'굳이 물어볼 필요도 없군. 비마 천좌는 아리 누이 때문에 검마 천좌와 마찬가지로 교주님께 반기를 든 거야. 물론 반드시 그런 이유 때문만은 아닐 테지만.'

내심 눈을 빛낸 소진엽이 문득 생각난 듯 말했다.

"장 모사가 있는 곳을 압니까?"

"장 모사?"

"무영귀서 장소량 말이오."

"아! 그 쥐새끼 같은 놈?"

뇌음신이 얼굴 가득 노골적인 살기를 드러낸 채 말했다.

"그 망할 쥐새끼는 놀랍게도 태상마군님을 암살하러 왔다가 박살이 나서 도망쳤다네."

"장 모사가 그런 무모한 행동을 했다니 믿기 힘든 일이로군요."

"물론 혼자서 그런 행동을 한 건 아니네."

"그럼?"

"이게 좀 믿기 힘든 일인데…… 그놈은 좌마령 북리사경과 귀마 매종경의 호위를 받고 있었다네."

"……."

소진엽이 황당한 표정이 되었다.

좌마령 북리사경과 귀마 매종경이 어떤 사람들인가. 두 사람 모두 천마신교를 대표하는 절대고수로 장소량과 비교조차 할 수 없는 신분과 무공의 소유자였다.

하물며 북리사경은 죽었다 살아난 후 태상마군의 명령을 받고 있었고, 매종경은 멸천마후쪽 인사였다. 완전히 다른 쪽에 속한 사람들이란 뜻.

'그런 두 사람으로 하여금 장 모사의 호위를 맡게 할 수 있는 사람이 누굴까? 설마 사부님? 아니야! 그런 짓은 사부님의 성향과는 어울리지 않아.'

소진엽은 내심 고개를 흔들었다.

당최 장소량과 북리사경, 매종경간에 벌어진 일련의 사건에 대한 해답을 찾을 수 없었다. 그냥 혼란만 가중되어

가고 있었다.

뇌음신이 답답하다는 듯 말했다.

"그래서 소교주는 어찌할 셈인가? 아니지! 일단 나랑 함께 소성녀님께 가세나!"

당장 소진엽의 손을 잡아끌 듯 다가서는 뇌음신을 향해 사마무군이 암천묵룡등천도를 뻗었다.

쉬잇!

대기가 갈라진다.

"헛!"

뇌음신이 놀라서 뒤로 물러섰다. 만리비붕익으로 하늘을 날아다니지 않는 한 사마무군을 상대할 방도가 없는 그였다.

사마무군이 무심하게 말했다.

"뇌음신, 소교주님은 지금 중대한 기로에 서 계시니 함부로 방해해선 안 되네!"

"사마무군! 이 배신자! 태상마군님과 소성녀님을 끝내 배신할 작정인 것이냐?"

"배신?"

"그렇다! 너는 태상마군님과 소성녀님한테 한때 충성을 맹세했지 않더냐?"

"……."

사마무군의 얼굴에 음울한 기운이 스쳐 갔다. 소진엽이

신마성궁을 떠난 사이 태상마군 소리산과 맺은 동맹의 맹서를 뇌음신이 까발려 버렸기 때문이다.

잠시뿐이다.

곧 평상심을 회복한 그가 무심하게 말했다.

"뇌음신, 자네는 태상마군이나 소성녀에게 승산이 있다고 보는 건가?"

"그, 그건……."

"더 직접적으로 묻지. 신마성궁을 마계로 만든 교주님은 마신, 그 자체나 다름없네. 태상마군이 아니라 그 어떤 자라도 결코 그분을 거스를 순 없어. 설사 신교의 기둥인 마도십가 전체가 전력을 다해 합공을 가한다 해도 말이야."

"……마치 교주님과 싸워보기라도 한 것처럼 말하는구나? 설마 진짜 교주님과 싸워본 것이냐?"

"그랬다면 좋았겠지."

쓸쓸하게 대답하는 사마무군을 향해 뇌음신이 당혹한 표정을 지어 보였다.

"설마 교주님한테 팔이 잘린 게 아닌 것이냐?"

"내 팔을 자르고, 마도참살대를 몰살시킨 건 그분에게 조종당하고 있는 고독검마후였네. 나는 신마좌에 앉은 교주님 부근에 다가갈 수조차 없었어……."

"그럴 수가!"

뇌음신이 절망에 찬 탄성을 발했다.

사마무군과 그는 같은 반열이긴 하나 무공 수준이 적어도 두 단계는 차이가 났다. 실제 목숨을 걸고 싸운다면 백초도 감당하지 못할 터였다.

　'그런 사마무군이 이렇게까지 비관적으로 말하다니! 진정 교주님의 손에 천마신교와 마도십가는 멸망의 길을 걷게 되고 마는 것인가!'

　생각만으로도 소름이 끼친다.

　교주 담대광의 손에 소성녀 진리가 비참하게 죽는 환영이 눈앞에 어른거렸다. 평생 처음으로 마음을 준 소녀를 지옥 같은 신마성궁에 놔둔 채 떠나온 것이 무척이나 후회되었다.

　"소교주는 소성녀를 반드시 지키겠다고 맹세를 했었네! 그 맹세를 아직 기억하시는가!"

　"물론이오."

　"그럼 무얼 망설이는 것인가? 지금 당장 나와 함께 소성녀에게 가세! 그리고 그녀를 신마성궁에서 탈출시키세! 소교주와 내가 힘을 합하면 제아무리 교주님이라 할지라도……."

　"그 전에 할 일이 있소."

　"……뭔 할 일!"

　잔뜩 역정 난 표정으로 소리치는 뇌음신을 지그시 바라본 소진엽이 주변을 둘러보며 말했다.

"비마 천좌, 도마 천좌, 철 단주 세 분이 날 도와주셔야 겠소."

"소교주님은 명령만 내리십시오!"

"일단 소교주의 말을 들어 보겠네."

"뭘 도와주면 되는 거냐? 시간 없으니까 어서 말해 봐!"

소진엽이 세 사람을 바라보며 말했다.

"세분은 지금 당장 무영귀서 장소량을 찾아서 내게 데려오시오. 가급적이면 그를 호위하고 있다는 좌마령 북리사경, 귀마 천좌와 함께 말이오."

"……."

"……."

"……."

세 사람이 살짝 맥 빠진 표정으로 소진엽을 바라봤다. 그의 부탁이 자신들의 예상과는 사뭇 달랐기 때문이다.

그러나 단지 그뿐.

곧 그들이 한 가닥 아쉬움을 남긴 채 소진엽에게서 멀어져갔다.

— 무영귀서 장소량!

마도제일뇌 태상마군 소리산을 제외한 마도제일의 모사라 항상 자평하곤 하는 사내. 현재 소진엽이 반드시 만나야만 하는 사내. 그리고 어쩌면 마계로 변한 신마성궁과 교주 담대광의 허점을 파악하고 있을지도 모를 사내.

그를 찾기 위해 삼인의 절대고수가 떠나갔다. 소진엽에게 작별 인사조차 고하지 않고서.

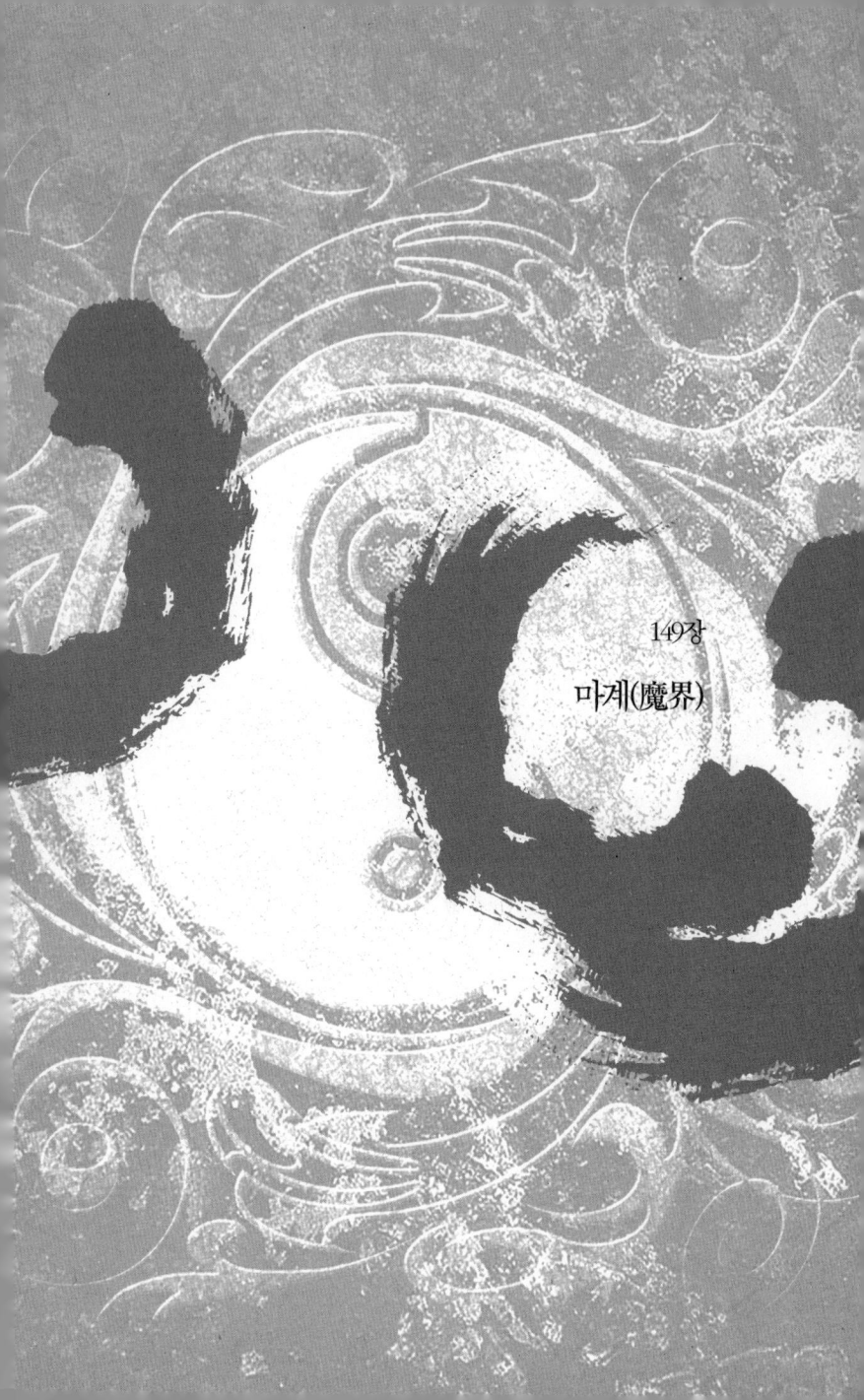

149장

마계(魔界)

— 비마 뇌음신!

— 도마 사마무군!

— 마검혈풍영 철무정!

잇달아 모여들었던 세 명의 절대고수를 떠나보낸 소진
엽이 문득 속 시원하단 표정이 되었다.

"후우, 겨우 혼자가 되었군."

시원섭섭하다.

각기 다른 목적을 품고 모여든 세 사람들 모두에게 소진
엽은 묘한 감정을 느끼고 있었다. 한 명 한 명 마음 한켠에
작지 않은 부분을 차지한 채 떠나지 않았다.

그래서 곤란했다. 지금부터 행해야 하는 일에 끼어들게 할 수 없었기 때문이다.

'그들은 긍지 높은 마도의 무인! 내가 태극무검선제님과 관계되었다는 걸 알게 되면 죽기로 사부님의 편을 들 것이다! 설사 그것이 세상을 모조리 파괴하는 악업이 될지라도……'

생각하면 끔찍하다.

오싹한 소름이 돋았다.

사부 담대광을 상대하기 위해 마음을 준 지인들을 베어야만 한다니!

절대 그것만은 사양이었다.

사부 담대광과 천마신교를 배신하는 시궁창에 발을 내딛는 건 자신 한 명이면 족했다. 긍지 높은 다른 마도인들까지 끼어들게 하고 싶지 않았다.

"……단 한 명만 빼고 말이지."

지금부터 내디뎌야 하는 시궁창!

그곳에 더할 나위 없이 잘 어울리는 사람이 있다. 어쩌면 이미 냄새나는 시궁창에 먼저 발을 내딛고서 신 나게 뛰어다니고 있을지도 모른다.

소진엽이 선택한 동반자!

함께 마계로 변한 신마성궁으로 갈 최적의 길동무!

자신의 장자방인 무영귀서 장소량을 마음속으로 떠올린

262 절대검해

소진엽이 갑자기 하늘로 날아올랐다.

어기충소!

순간적으로 태극무한신공을 운용하자 천하의 대기로부
터 맹렬히 기운이 체내로 쏟아져 들어온다. 천하만물이 뿜
어내는 다양한 기질들이 폭발적으로 몸속에서 휘몰아쳤
다. 도도한 흐름을 만들어 냈다.

[하아아아아아아!]

그 기운을 모아서 소진엽이 천리전성술을 펼쳐냈다. 천
하만물에게서 받아들인 생기를 검토해 찾아낸 장소량에게
자신이 있는 장소를 전달한 것이다.

＊　　　＊　　　＊

"우왓!"

장소량이 갑자기 대경실색하며 바닥에 엉덩방아를 찧었
다.

"왜 그래요?"

"아니야! 아니야!"

반교연이 놀란 표정으로 다가오자 장소량이 얼른 손을
내저어 보였다.

"뭐가 아니란 거예요? 얼굴은 허옇게 질려 가지고
서……."

"아무 일도 아니라니깐!"

"……왜 소리는 지르고 난리예요!"

"아니, 그러니까 그것이……."

화난 표정으로 종알거리는 반교연에게 주눅 들어 변명하던 장소량이 말끝을 흐렸다.

움찔! 움찔!

좁은 어깨가 연신 흔들거린다. 염소수염이 빳빳해지고 있다.

'이 양반이…….'

반교연이 다시 뭐라고 화를 내려다 심각한 표정이 되었다.

장소량과는 꽤나 오래되었다.

살을 섞고, 만리장성을 쌓은 건 둘째치고 함께 동고동락한 세월이 상당했다. 이젠 마음속에 담아둔 사제조차 뛰어넘을 만큼 큰 부분이 되었다.

당연히 그에 대해선 이젠 어느 정도 안다.

잔망스러워 보이는 겉모습과는 달리 속내가 깊고, 큰일을 앞에 뒀을 때는 오히려 대범해진다. 설사 그것이 자신의 목숨을 내놓을 만한 일이라 해도 말이다.

그래서 반교연은 진심으로 걱정되기 시작했다.

눈앞에서 심각한 표정이 되어 벌벌 몸을 떨고 있는 장소량의 모습이 무척이나 생경해서다. 정말 큰일이 벌어질 것만 같았다.

그때 장소량이 벌떡 자리를 박차고 일어섰다.

"임자, 내 잠시 가 볼 곳이 있으니 여기서 잠시 기다리고 있게나."

"혼자 가시려고요?"

"그래야할 것 같네."

장소량이 평소완 달리 처량한 표정을 지어 보이자 반교연이 갑자기 그의 품에 와락 달려들었다.

"가지 말아요! 그냥 가지 말아요!"

"임자……."

"어차피 괴물들의 싸움이에요! 어느 놈이 이기건 우리한테 좋을 일은 없다고요! 그러니까 우리 도망가요! 아무도 모르는 데로 도망가서……."

"……나도 그러고 싶네. 아주 많이 고민했지. 하지만 이젠 너무 늦어버린 것 같네."

"……예?"

반교연의 눈이 동그랗게 변했다. 일시 장소량이 하는 말의 의미를 이해하지 못해서다.

그때 장소량이 반교연의 입을 맞췄다.

쪽!

그리고 반교연의 어깨가 파르르 떨렸다. 장소량의 손이 교묘하게 움직여 그녀의 마혈을 점혈한 직후다.

"임자, 자네와의 인연은 여기까진가 보네."

"……"

"그렇게 날 원망스레 보진 말아. 자네가 우는 꼴을 보기 싫어서라도 내 어떻게든 살아서 돌아오도록 노력해 볼 테니까."

"……"

"약속함세! 내 분명 약속했네!"

그렇게 몇 차례에 반교연에게 소리친 장소량이 그녀를 조심스레 몸에서 떼어내고 신형을 날렸다. 느닷없이 자신의 머릿속에서 울려 퍼진 소진엽의 목소리를 쫓아서 내달리기 시작한 것이다.

*　　　*　　　*

후다닥!

숨이 턱에 차서 산 위로 뛰어온 장소량을 돌아보지도 않고 소진엽이 퉁명스레 말했다.

"너무 늦어!"

"헥! 헥! 소교주님의 명령을 받자마자 죽기 살기로 달려온 것입니다요! 좀 봐주십시오!"

"소교주라……"

잠시 말끝을 흐려 보인 소진엽이 천천히 신형을 돌려 장소량을 바라봤다.

'혁!'

장소량이 양 무릎에 손을 댄 채 호흡을 가다듬다 내심 비명을 터뜨렸다.

압도적인 기세?

현재의 장소량에겐 통하지 않는다. 그는 태극무검선제를 만나 봤고, 신마성궁을 마계로 만든 교주 담대광의 위세를 경험한 바 있었기 때문이다.

그런데도 장소량은 정신적인 충격을 느꼈다.

소교주 소진엽!

그의 달라진 기도가 숨이 막혀왔다. 한 번도 본 적이 없던 결연한 의지에 모골이 송연해지는 걸 느꼈다.

잠시뿐이다.

곧 흐트러진 정신을 수습한 장소량이 조심스레 말했다.

"소교주님 어찌 소인에게 그리 무서운 표정을 지어 보이시는 겁니까?"

"……계속 날 소교주라 부르는군?"

"……."

장소량이 침을 꼴깍 삼켰다.

자신을 향해 고정된 소진엽의 시선 속에 담긴 기세가 전혀 줄어들지 않고 있었다. 자칫 말을 잘못 했다간 목이 날아갈 수도 있다는 생각이 들었다.

"소인, 소교주님께서 누굴 만나서 무슨 얘기를 들으셨는지는 모릅니다. 하지만 소인은 단 한 번도 소교주님의 제일 모사의 직위를 잊어버린 적이 없었습니다."

"사부님을 만났을 때도 그러했나?"

"그, 그건……."

"아니, 태상마군 앞에서도 그런 마음가짐이었나? 말해봐!"

"……."

진짜 위기다.

평소처럼 입에 발린 말로는 결코 넘을 수 없는 대위기다. 분명 그런 촉이 왔다.

그래서 장소량이 다시 침을 삼키고 본색을 드러냈다. 어느 때보다 크게 눈을 뜨고, 소진엽에게 있는 힘껏 목청을 높였다.

"살기 위해서 그랬습니다! 소교주님의 명령을 다시 받을 날을 위해서 거짓으로 충성을 맹세했습니다!"

"그래서?"

"처음엔 천마대전에서 도주한 고독검마후를 쫓는 북리사경에게 굴복했고, 태극무검선제를 만나서 다시 그의 명에 따르기로 했습니다. 태상마군을 죽여서 교주님을 본래대로 돌려놓을 작정이었습니다. 하지만 이미 늦었습니다. 소인이 신마성궁에 도착했을 때 교주님은 태상마군을 패퇴시키고, 마계를 열어놓은 상황이었습니다. 소인이 어떤 짓을 해도 돌이킬 수 없는 무서운 어떤 것이 되어버리신 겁니다."

"태상마군에게 의지할 수밖에 없었겠군?"

"그렇습니다! 태상마군이야말로 마도 수백 년간 으뜸가는 모사의 왕! 이놈의 머리론 당최 해결되지 않는 미지의 문제를 만나니 그분밖엔 생각나는 사람이 없었습니다!"

"그리고 듣고야 만 거겠지?"

"예?"

"내가 소리산, 그분과 혈연지간이란 걸 말야."

"……."

장소량의 안색이 딱딱하게 굳었다. 어떠한 상황에서도 움직이길 멈추지 않을듯하던 혀가 갑자기 마비라도 된 것 같다.

소진엽의 입에서 장탄성이 흘러나왔다.

"후우!"

"소교주님……."

"역시 그런 것이었군."

"……설마 넘겨짚으신 것이었습니까?"

"말도 안 된다고 생각했지. 있을 수 없는 일이라고."

"……."

"하지만 아무리 생각해도 그것밖엔 생각되는 게 없더군.

마도의 삼류무사였던 부친을 둔 변변찮은 출신. 느닷없이 사부님을 만나서 무공을 익히고 소교주가 되었지만 분명 몇 번이나 죽을 위기가 있었어. 제아무리 사부님의 도움이 컸다 해도 말야. 하물며 신마성궁에 들어선 직후, 태상마군은 노골적일 정도로 내게 유리한 행동을 해 왔어. 여러 이유를 댔지만 사부님한테까지 냉정하게 굴었던 사람이 할 만한 일은 아니었지.”

“……”

“그리고 보니 태극무검선제를 만난 것도 우연은 아니었 겠군. 두 늙은이가 아주 날 가지고 놀았던 거야.”

이를 갈며 말하는 소진엽에게 장소량이 얼른 목소리를 높였다.

“그건 착각이십니다!”

“착각?”

“태극무검선제님은 본래 태상마군님을 죽이려고 하셨습 니다.”

“어째서?”

“교주님을 통해서 세상에 혼돈지문을 강림시킨 건 태상 마군님이셨습니다. 완전히 혼돈지문이 열리기 전에 태상 마군님을 죽여야 한다고 하셨습니다.”

“하지만 장 모사가 신마성궁에 도착했을 때 이미 혼돈지 문은 열려버린 거로군?”

"그렇습니다. 신마성궁에 펼쳐진 마계를 보고 이놈은 감히 딴마음을 품을 수 없었습니다."

"과연!"

소진엽이 미미하게 고개를 끄덕여 보였다.

장소량.

그가 기대했던 대로다. 함께 시궁창을 뒹굴기로 선택한 자다운 선택이었다.

그렇다면 이제 결정을 내릴 때다.

쫘악!

장소량에게 어느 때보다 강렬한 눈빛을 던지고 있던 소진엽이 갑자기 그의 어깨를 붙잡았다. 일시 그의 다리가 휘청거릴 정도의 박력으로 짓눌렀다.

부들! 부들!

장소량의 작은 몸이 폭풍이라도 만난 듯 떨렸다. 당장에라도 모든 기력을 잃고 쓰러질 것만 같다. 그 정도의 압력을 억지로 버텨내야만 했다.

"……."

소진엽이 그런 장소량을 향해 말했다.

"그럼 이제 내가 선택할 일은 뻔하겠군."

"태, 태상마군님을 만나러 가시렵니까?"

"그러면 뭐가 달라지는데?"

"예?"

"내 아버님은 마도의 삼류무사였어. 마천대전 당시 천마신교측에 서서 싸우다 중상을 당해 남은 평생을 폐인으로 살다 돌아가셨지. 그래도 그 양반, 딱 한 번이나마 땅에 떨어진 천마신교의 깃발을 들고 전장에 누볐던 걸 평생 자랑하셨어."

"……."

"정말 거지 같은 일이지! 그 자랑스러워했던 마천대전을 일으킨 배후 조종자가 폐인으로 살다 죽어가는 걸 그냥 놔 둔 사람이라니 말야."

"소교주님……."

"나는 그냥 확인하고 싶었을 뿐이야. 태상마군이 진짜 내가 생각했던 그런 사람이었는지 말야."

"……생각을 바꾸십시오."

"싫어."

"그럼 교주님이 천하를 마계로 만드시는 걸 그냥 두고 보실 생각이십니까?"

"아니."

"그럼 더더욱 태상마군님에게 가셔서……."

"싫다고 했잖아!"

"……."

살짝 목소리를 높여서 장소량을 침묵시킨 소진엽이 문 득 입가에 흐릿한 미소를 담았다.

"내겐 장 모사가 있으니 태상마군의 도움은 필요 없어."

"예?"

"마계로 변한 신마성궁에 침투한 적이 있었지?"

"그, 그렇긴 한데……."

"날 사부님한테 안내해 줘."

"……설마 교주님을 소교주님 홀로 상대하시려는 건 아닐 테지요?"

"그럴 건데?"

"아!"

장소량이 현기증을 느끼며 손으로 이마를 짚었다. 소진엽의 단호한 눈빛을 보고 마음을 굳혔음을 깨달았다. 어떠한 교언영색으로도 마음을 돌이킬 수 없음을 눈치챈 것이다.

탁!

소진엽이 장소량의 어깨를 손으로 두드렸다. 입가에 매달린 미소가 매우 유쾌하다.

히죽!

한동안 함께했던 누군가를 닮았다. 장난치기 직전의 악동 같았다.

*   *   *

"이런!"

"소교주님한테 당했군!"

"소교주, 설마 우리를 일부러 따돌린 것인가?"

철무정, 사마무군, 뇌음신이 각기 탄성을 터뜨렸다. 그들은 소진엽의 요청에 의해 각자 선이 닿는 비선을 총동원해 장소량의 행적을 탐문하고 다녔다.

전심전력을 다했다.

소진엽이 장소량을 간절히 원하는 이유가 있으리란 판단이었다.

그렇게 십 수 일이 걸려 찾은 반교연!

장소량의 미혼처인 그녀에게 전해 들은 상황은 단순명료했다. 소진엽은 그들을 따돌리고 장소량과 함께 신마성궁으로 떠난 것이다.

어째서?

그들의 머릿속에 떠오른 의문은 반교연의 퉁명스러운 한마디에 정리되었다.

"소교주님은 신마대제 교주님과 홀로 맞서실 작정이세요. 다른 어떤 사람들도 끼어들지 않게 한 채 사제지간끼리 현 상황을 종결시킬 작정을 하신 거죠."

"그럼 장 모사는 어째서 데려간 것이오?"

"그 양반이 머리가 좀 좋잖아요."

"그건 또 무슨 소리요?"

"쓸데없이 머리가 좋아서 신마성궁에 침입했을 때 천마대전까지 가는 길을 다 외워놨다는 거예요. 소교주님은 어떻게 그걸 또 알았고요."

"그런 것인가……."

철무정이 탄성에 가까운 중얼거림과 함께 말끝을 흐렸다.

이제야 알겠다.

어째서 소진엽이 장소량을 필요로 했는지. 어째서 그렇게 그에 대해 관심이 많았는지. 그리고 철무정, 사마무군, 뇌음신을 따돌렸는지를 말이다.

뇌음신의 눈이 살짝 붉어졌다.

"망할 소교주! 이런 식으로 나왔다는 거지! 이런 식으로 늙은 놈들을 엿 먹인 거야!"

"뇌음신, 기다려라!"

당장 만리비붕익을 펼치고 하늘로 날아오르려는 뇌음신을 사마무군이 얼른 제지했다.

"사마무군, 왜 날 붙잡는 것이냐?"

"이미 십 수 일이 지났다."

"그래서?"

"소교주님을 따라잡는 건 불가능하다는 뜻이다."

"난 가능하다! 충분히 십만대산에 도착하기 전에 소교주를 따라잡을 자신이 있다!"

"그럴 수도 있겠지. 하지만 그래 봐야 무슨 소용이 있겠느냐?"

"그럼 이대로 소교주를 교주님 손에 죽게 내버려 두자는 거냐?"

"그럴 수는 없지."

담담하나 단호하게 자신의 뜻을 밝힌 사마무군이 시선을 철무정에게 던졌다.

"철 단주, 패왕혈검단이 모두 몰살한 건 아니었던 것일 테지?"

"물론이오."

"본가 역시 마찬가질세. 아직 전력의 오 할가량은 남아 있네."

"도마 천좌의 뜻은?"

"철 단주와 그리 다르지 않을 걸세."

"……."

침묵속에 철무정이 묵검을 들어 정중하게 검례를 취해 보였다. 사마무군과 자신의 뜻이 통했음을 간접적으로 인정한 것이다.

뇌음신이 인상을 박박 긁으며 소리쳤다.

"이놈들아! 도대체 무슨 꿍꿍이를 꾸미는 것이냐? 나도 좀 알자!"

"뻔하잖아요!"

"뭐가 뻔해?"

반교연이 여전히 퉁명스러운 표정을 유지한 채 말했다.

"두 분은 누구처럼 소교주님한테 충성을 바치려는 거예요. 아직 살아 있는 전 세력을 이끌고 소교주님을 돕기 위해 그 지옥 같은 신마성궁으로 돌아가려는 거라구요."

"이년의 말이 맞느냐?"

뇌음신이 반신반의하며 묻자 철무정이 고개를 끄덕였고, 사마무군이 눈을 빛내며 말했다.

"교주님한테는 빚이 있다. 소교주님이 그분의 손에 죽는다면 본가의 혈채를 갚을 길이 없으니 나로선 다른 선택지가 없는 셈이다."

"혈채라……."

뇌음신이 나직이 중얼거리고 만리비붕익을 접었다. 붉게 달아올라 있던 안색이 어느새 많이 안정되었다.

"……나는 그딴 건 모르겠다. 하지만 소교주가 죽는다면 소성녀가 슬퍼할 테니, 일단 네놈들을 돕도록 하마."

"우리가 도착했을 때 소교주님은 이미 교주님 손에 목숨을 잃으셨을 수도 있다."

"그럼 내게도 혈채가 생기는 것일 테지."

"바보로군."

"그러는 네놈은 바보가 아니고?"

"나도 바보다."

사마무군이 순순히 뇌음신의 말에 동의하고 하늘을 올려다봤다.

사천의 하늘!

평상시와 달리 꽤나 맑다. 개가 하늘에 뜬 해를 보고 놀라서 크게 짖을 것만 같은 날씨다.

"나쁘지 않은 날씨군. 마치 십만대산에서 올려다본 하늘 같아……."

"말도 안 되는 소리!"

역시 하늘을 올려다본 뇌음신이 사마무군에게 힐난의 기색으로 소리쳤다.

신들의 대지!

대곤륜에서도 심처에 속하는 십만대산!

천하 마도인의 기둥이자 뿌리인 천마신교의 하늘을 뇌음신만큼 잘 아는 사람은 없었다. 그곳의 하늘을 무수히 많이 날아다녔으니까 말이다.

우연찮게 맑아진 사천의 하늘?

코웃음밖엔 안 나온다.

줄곧 흐리던 날씨가 풀려서 착시 현상이 든 것뿐이다. 절대 십만대산의 맑고 쾌청한 하늘과는 비교할 수 없었다. 질적으로 족히 열 배는 차이가 날 터였다.

그때 줄곧 뾰로통한 표정을 짓고 있던 반교연이 불쑥 말했다.

"저도 데려가 주세요!"

"어째서 가려하지?"

"꼭 봐야 할 사람이 있어요! 죽은 얼굴이라도 확인해야만 해요!"

"……."

철무정이 천천히 고개를 끄덕여 보였다.

반교연.

그녀가 말하는 사람이 누군지는 쉽사리 알 수 있었다. 어떻게 장소량이 요녀 중의 요녀라 할 수 있는 그녀를 열녀로 변화시켰는지는 모르겠지만.

＊　　　＊　　　＊

천마총.

언제나와 마찬가지로 맑고 푸른 하늘.

문득 태상마군 소리산이 고개를 들어 맹렬한 회오리가 몰아치고 있는 태풍의 눈을 바라봤다.

천마총의 외곽.

소리산의 전력이 총동원된 온갖 종류의 진법과 결계가 무시무시한 태풍을 형성하고 있다. 어떠한 외적도 침범하지 못할 무적의 방패라 해도 무방할 터.

그러나 소리산의 표정은 흐리기만 했다.

자신의 총화라 할 수 있는 태풍!

어딘가 모르게 부족해 보인다. 어느새 신마성궁의 대부분을 잠식한 교주 담대광의 혼돈지문을 막기엔 역부족으로 느껴졌다.

'그건 어쩌면 급속도로 나약해지고 있는 내 육신에 대한 초조함 때문일지도 모르지……'

소리산이 내심 쓰게 웃음 지었다.

이런 초조함!

얼마 만에 느껴보는 감정인가.

꽤나 오래전에 생사와 인간사의 오욕칠정을 초월했다고 생각했는데 그저 오만한 착각이었던 것 같다. 죽음을 눈앞에 두자 온갖 상념이 머릿속을 떠돌아다닌다. 초조함에 며칠이 지나도록 잠조차 이룰 수가 없다.

그때 소리산 뒤로 그림처럼 어여쁜 성녀 진리가 모습을 드러냈다.

만개한 꽃봉오리랄까?

이젠 완연히 소녀티를 벗은 그녀의 미모는 가히 경국지색이라 할 만했다. 어떤 미녀도 감히 견주지 못할 아름다움을 후광처럼 몸에 두르고 있었다.

자박거리며 소리산 뒤에 도달한 진리가 잠시 고민하는 빛을 보이다 입을 열었다.

"태상마군님, 조금이라도 쉬셔야죠?"

"그러게 말일세."

소리산이 태풍의 눈에서 시선을 떼고, 진리에게 신형을 돌려세웠다.

'그새 더 늙으셨다!'

진리의 고운 얼굴에 수심이 어렸다.

신마성궁에 기거하는 동안 가장 많이 함께했던 것이 소리산이다. 어느새 그의 제자 노릇을 하게 된 터라 점차 노쇠해 가는 모습을 실시간으로 지켜보고 있었다.

— **마도제일뇌!**

아니, 그보다는 마도무림을 백여 년이 넘도록 지탱해 왔던 거산이라 할 수 있는 소리산은 서서히 무너져가고 있었다. 세월이란 강적 앞에 조금씩 무장 해제되어 세상에서 흔적조차 없이 소멸하려하고 있었다.

소리산이 문득 입가에 미소를 담았다.

"어찌 어여쁜 얼굴에 그늘을 드리우는가? 날 원망하던 때가 엊그제였거늘……."

"원망했었죠. 지금도 가끔 원망해요. 태상마군님 덕분에 진엽 오라버니와 떨어졌고, 온갖 고생을 다 해야만 했으니까요."

"……그렇군. 내 소성녀에게 그동안 못할 짓을 제법 많이 했어."

"그래요. 정말 최악이었어요. 하지만 그동안 태상마군님과 조금이나마 미운 정이 든 모양이네요."

"미운 정?"

"예, 미운 정이 들어서 그런지 요 근래 태상마군님이 무척 걱정돼요."

"허허, 그건 영광이로군."

"그런 식으로 말을 돌리려하지 마세요! 전 지금 진심이니까요!"

"……."

소리산이 살짝 골이 난 진리를 잠시 바라봤다.

멸천마후 천기신혜에 이어 두 번째로 본 인재 중의 인재!

그래서 마뇌서고를 아낌없이 개방했고, 중간중간 무척이나 신경을 썼다. 향후 천마신교 백 년을 책임지게 하기 위해 준비시킨 자신의 후계자이기 때문이다.

하지만 애석하게도 천시(天時)를 얻지 못했다.

아직 물려줄 것이 많은데…….

가르쳐줘야 할 것이 많은데…….

어느새 시간은 바로 코앞까지 다가와 버리고 말았다. 하늘의 심술로 후계자를 확실하게 준비시키는 데 실패했다.

'어쩌면 그게 천의(天意), 지기(地氣), 인심(人心)을 희롱하며 혼돈지문을 지상에 강림시킨 벌일지도 모르겠구나!

욕심이 지나쳤던 게야!'

― 혼돈지문의 강림!

하나에서 열까지 소리산의 계획 하에 벌어진 일이다.

마선이 되길 포기한 대가로 연장한 수명!

어느새 한계에 도달하고 있었다. 더 이상 지상에서의 삶을 유지하기 힘들었다.

그래서 그는 마천대전을 제멋대로 종결시킨 담대광을 멸천마후 천기신혜를 이용해 연옥으로 보냈다. 그로 하여금 지상에 혼돈지문을 강림시켜서 인간계의 대혼란을 야기할 작정을 한 것이다.

이유는 자명하다.

수명의 연장!

명부의 판관을 속여 인간계에서 새로운 삶을 시작하려 했다. 자신의 후계자를 찾지 못했기에, 마도천하의 꿈을 이루지 못했기에 벌인 고육지책이었다.

그러나 천려일실(千慮一失)이랄까?

혼돈지문을 강림시킨 담대광은 어느새 그의 예상을 월등히 뛰어넘는 존재가 되어 있었다. 마선이 되길 스스로 포기하고 인간계에 영속하길 선택한 그로선 결코 감당할 수 없는 괴물이었다.

백여 년이 넘게 준비해 왔던 온갖 대법, 마법, 법력, 진세, 무공들……

어느 하나 통하지 않았다.

이란격석!

계란으로 바위를 때리는 격이다. 세 살박이 어린애가 장성한 어른한테 덤벼드는 것이나 다름없었다.

그렇게 패했다.

비참하게 신마성궁을 빼앗기고 천마총으로 패주할 수밖에 없었다. 자신의 전부나 다름없는 신마성궁이 혼돈지문에 먹혀서 서서히 마계로 변해가는 걸 용인해야만 했다.

'태극무검선제! 그러면 이런 결과를 미연에 방비할 수 있었을 것인가?'

문득 일생의 대적!

단 한 번도 이겨보지 못했던 숙적이 떠오른다. 그와 혼돈지문에 대해 나눴던 대화, 하나하나가 떠올라 머릿속을 복잡하게 한다.

부질없다!

그저 헛될 뿐이다!

혼돈지문을 인간계에 강림시킬 역천지심을 품었을 때 이미 모든 것은 결정지어졌다. 이제 와 후회를 한다 한들 달라질 것은 없었다.

내심 고개를 저어 보인 소리산이 진리에게 몇 마디 당부의 말을 건네려다 안색을 가볍게 굳혔다.

휘오오오오오!

일순 천마총을 철통같이 휘감은 채 회오리치고 있던 태풍의 외곽에서 강한 충격파가 밀려왔다.

한 번만으로 끝이 아니다.

곧이어 이파, 삼파가 연달아 밀려왔다. 태풍의 눈을 순식간에 요동치게 만들었다. 대기를 팽창시키고, 압박해서 단숨에 공간 자체를 응축해 왔다.

팟!

소리산이 얼른 진기를 일으켜서 진리를 보호했다. 그녀가 연속된 충격파의 압박으로부터 자기 자신을 지킬 수 없다는 판단이었다.

오판이었다.

핑!

피피피피핑!

순간 한차례 원을 그리며 신형을 회전시킨 진리의 소매 속에서 수십 개에 달하는 지편이 날아갔다. 공간을 종횡하며 마침 몰려든 대기의 압력을 잘라냈다.

슥!

그리고 부드러운 퇴각!

어느새 진리는 천마총의 안쪽 깊숙한 곳으로 이동해 있었다. 소리산의 보호가 있기 전에 자신의 한 몸을 아주 홀름하게 위험으로부터 빼낸 것이다.

"훌륭하다!"

소리산이 자신도 모르게 탄성을 발했다.

어쩌면 오판이었을지도 모르겠다. 진리는 어느새 훌륭한 후계자 노릇을 하고 있었다.

그러나 바로 그때다.

콰득!

잠시 진리에게 시선을 빼앗겼던 소리산의 안색이 가볍게 일그러졌다.

뼈가 부서지는 소리.

어느새 움푹 들어간 한쪽 가슴팍.

그가 일으킨 기세가 수백 개나 되는 파랑을 일으키며 흔들리고 있다. 하릴없이 찢겨져 너덜거리고 있다. 마치 날카로운 송곳에 꿰뚫린 것처럼.

파아앗!

하나 곧 새로운 반전이 일어났다.

움푹 들어갔던 소리산의 가슴팍이 진동을 일으키며 원상 복구되었다. 그리고 맹렬한 속도로 다시 꿰어 맞춰지기 시작한 기세의 파편들!

쩡!

쇳소리가 일었다.

방금 전과는 전혀 다른 소리다. 유연하던 기세가 딱딱

하게 변해 소리산의 전신을 철벽처럼 둘렀다. 맹렬히 밀고 들어오던 송곳의 끝을 뭉툭하게 만들었다.

쾅득! 쾅득!

그러나 그 순간 송곳의 방향이 바뀌었다.

이번에는 소리산의 양쪽 견갑골이다. 그곳에서 연달아 뼈가 박살나는 소리가 일었다. 철벽과도 같던 방어벽의 틈을 놀랍도록 정교하게 파고들었다.

주르르르륵!

결국 소리산이 뒤로 물러섰다.

태풍 또한 다를 바 없다.

천마총의 외곽 한쪽 방면이 빠르게 무너져 내리기 시작했다. 광폭한 회오리바람의 기세가 약해졌다. 외부와의 차단이 풀려가고 있었다.

— 마계!

그렇게 모습을 드러냈다. 어둠, 그 자체나 다름없는 거대한 입을 벌려서 천마총의 태풍 일각을 집어삼켰다. 아작아작 씹어 먹었다.

그리고 그 사이로 모습을 드러낸 마의 천사(天使)!

"고독검마후!"

"구양 언니……."

소리산과 진리가 넋을 잃고 중얼거렸다. 고독검마후 구양령의 갑작스러운 등장을 그만큼 받아들이기 어려웠다. 마계와 하나가 된 그녀의 현재 모습을 말이다.

"오! 오오오오오오오!"

그때 구양령이 마계의 어둠과 하나가 되어 덮쳐 왔다.

압도적으로 몰아 쳐왔다.

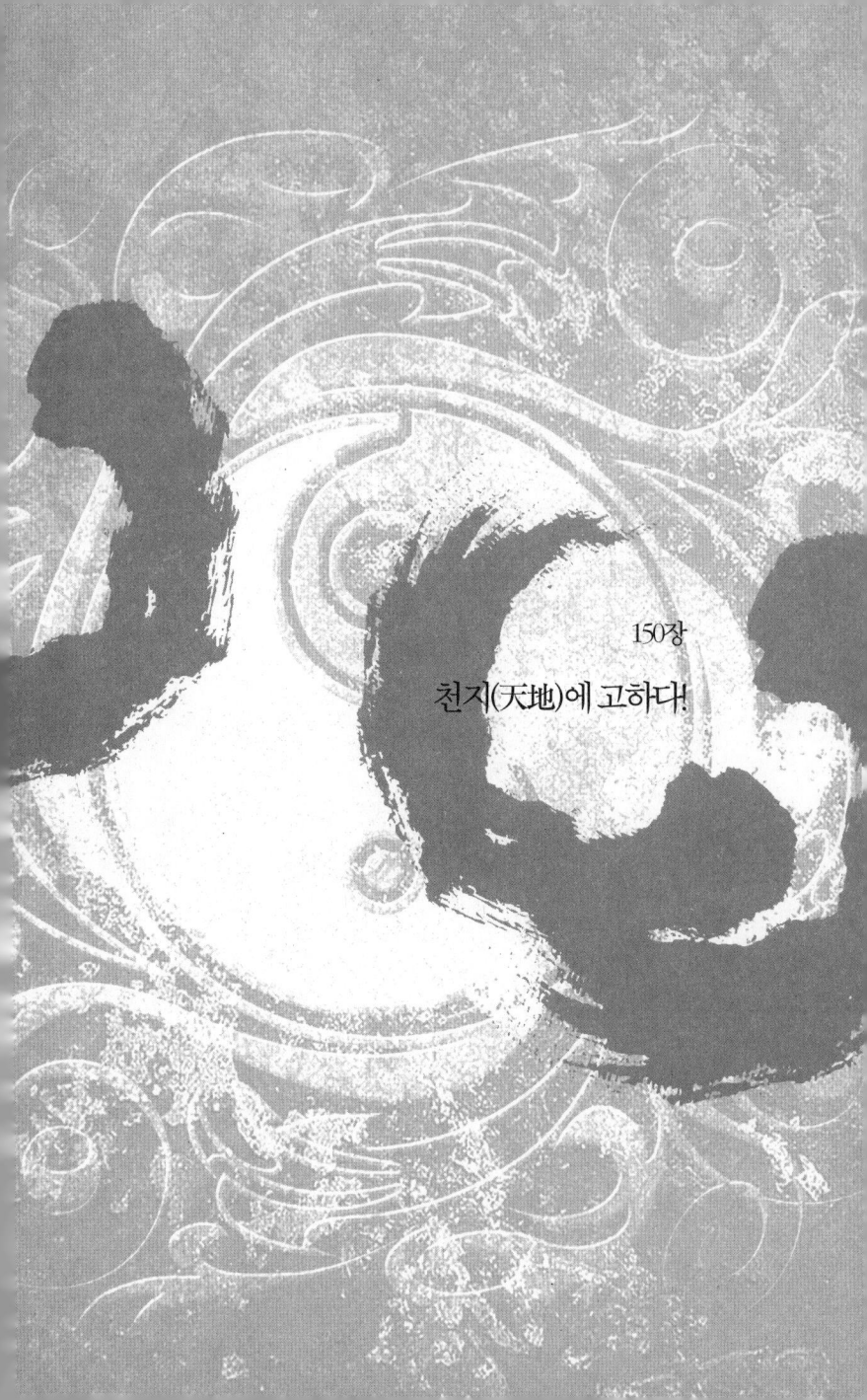

150장

천지(天地)에 고하다!

천마대전.

신마성궁 전체를 잠식하고 있는 이질적인 어둠 속, 유일한 빛이 성좌처럼 빛나고 있는 장소.

천하 마도의 으뜸.

천마신교의 교주만이 앉을 수 있는 자리.

신마좌에 담대광은 다리를 꼬고 앉아 있었다. 기괴할 정도로 하얀 얼굴에 검은색 복색을 한 준미한 미남자의 모습은 분명 마천대전 시절의 그였다.

까닥! 까닥!

꼬고 있는 다리가 장난스레 흔들린다. 심드렁한 표정과 함께 뭔가 무료해 보이는 모습이다.

그때 신마좌 한켠에 쪼그리고 앉아 있던 소영이 그에게 조심스레 말했다.

"서방님, 언제까지 여기 있어야 되는 거예요?"

"심심한가?"

"……예."

소영이 조심스러우나 확실한 의사표현을 했다. 본래 속내를 숨기지 못하는 소녀다.

담대광이 그녀에게 시선을 던졌다.

특이하게 검붉은 홍채가 묘한 확장을 일으키고 있다.

"지금이라도 늦지 않았다."

"뭐가요?"

"이 재미없는 곳을 떠나서 고향으로 돌아가는 걸 말하는 거다."

"싫어요!"

소영이 안색을 굳힌 채 고개를 잘래잘래 흔들었다. 귀여운 두 볼이 어느새 살짝 부풀어 올라 있다.

"왜 싫다는 거냐?"

"저는 죽어도 일부종사할 거예요! 절대 서방님 곁을 떠날 생각이 없다고요!"

"일부종사라……."

말끝을 가볍게 흐려 보인 담대광이 가느다란 입가에 슬쩍 미소를 만들어 냈다.

"……그 말은 이럴 때 사용하기엔 부적합한 것 같다만?"

"그, 그런가요?"

"그래."

"으으으! 그, 그래도 소녀는 절대 서방님 곁을 떠날 수 없어요! 서방님하고 반드시 백년해로할 거라구요!"

"……."

담대광이 더욱 두 볼을 부풀리며 떼쓰듯 소리치는 소영을 바라보며 입가의 미소를 짙게 만들었다.

어쩌다 보니 알게 된 소녀!

자신을 서방이라 부르는 귀여운 아이.

자꾸 듣다 보니, 이젠 남이 아닌 것 같이 느껴진다. 어쩌면 평생 갖지 못했던 신부를 얼떨결에 얻게 된 것인지도 모르겠다.

그때 굳게 닫혀 있던 천마대전의 문이 열렸다.

파앗!

어둠이 몰려들어온다.

마계를 형성하고 있는 어둡고 추악한 기운이 뭉클거리며 신마좌를 감싸고 있는 빛을 향해 달려들었다. 차가운 숨결을 있는 대로 뿜어냈다.

잠시뿐이다.

곧 마계의 어둠 속을 뚫고 구양령이 모습을 드러냈다.

그녀의 양손에는 소리산과 진리가 짐짝처럼 들려 있다. 두 사람 모두 축 늘어져 있으나 눈빛이 흐리지 않은 게 의식은 또렷한 듯싶다.

털썩! 털썩!

구양령이 두 사람을 신마좌 앞에 내던졌다. 감히 담대광을 휘감고 있는 성광(星光) 주변으론 다가들 수 없었기 때문이다.

그렇게 신마좌로부터 멀찍이 떨어진 구양령!

놀랍게도 고정된 상태로 공중부양하고 있다. 여전히 인간계와는 전혀 어울리지 않는 모습이다.

담대광이 그런 구양령을 한차례 일별한 후 소리산과 진리에게 손가락을 퉁겼다.

"으음!"

"아얏!"

소리산과 진리가 한차례 비명과 함께 신형을 일으켜 세웠다. 담대광의 손짓 한 번에 구양령에게 당했던 금제가 순식간에 소멸한 것이다.

"……."

소리산이 담대광을 복잡한 표정으로 바라봤다.

마천대전 시절의 모습 그대로랄까?

아니다.

오히려 당시보다 더욱 담대광은 젊어 보였다. 더욱 준미해져 있었다. 여전히 공중부양을 유지하고 있는 구양령과는 다른 의미로 비인간적으로 보인다.

'게다가 묘하게 다른 기질이 엿보인다. 마치 교주와는 다른 자가 겹쳐 있는 것 같아……'

자신을 찬찬히 살피고 있는 소리산에게 담대광이 히죽 웃어 보였다.

"흐흐. 뭘 그렇게 빤히 쳐다보는 것이오? 날 처음 보는 것도 아니면서."

"담 교주가 진짜 내가 알던 그분이 맞는지 확인하고 있었을 뿐이외다."

"그래서 이제 확인이 끝나셨나?"

"아직 모르겠소."

"흥! 의뭉스러운 성격은 여전하구만."

"신중한 성격이라 생각해 주시오."

"지랄!"

담대광이 욕설과 함께 시선을 진리에게 던졌다. 그녀가 손가락으로 열심히 몇 가지 결인(結印)을 맺고 있음을 눈치 챘기 때문이다.

"꼬맹아, 이곳은 이미 마계다. 어떤 인간계의 술법이나 산술도 적용되지 않으니까 그냥 포기하거라."

"치잇!"

진리가 노골적으로 골난 기색이 되었다. 담대광이 한 말대로 몇 개의 결인이 이미 실패했다. 직접적인 지적을 당하자 부끄럽고 화가 났다.

잠시뿐이다.

곧 진리가 눈을 동그랗게 떴다. 흡사 순진한 소녀처럼 무슨 말을 하는지 전혀 모르겠다는 표정을 지어 보였다. 아주 천연덕스레 그런 연기를 해냈다.

담대광이 피식 웃었다.

"흐흐, 꼬맹이가 그동안 태상마군을 따라다니더니 능치는 것만 배웠구나."

"예?"

"뭐, 그러고 노는 것도 얼마 남지 않았으니 마음대로 하거라."

"예?"

다시 진리가 눈을 동그랗게 떠 보였으나 담대광은 이미 그녀에게 흥미를 잃었다. 그에겐 소리산이 훨씬 재밌는 장난감이었기 때문이다.

"늙은이, 내 단도직입적으로 말하지."

"그 제안은 거부하기로 하겠네."

"제안?"

"내 천명을 늘려 줄 작정이 아니신가?"

"흠!"

담대광이 재밌다는 표정이 되었다.

실제 그는 소리산에게 그런 제안을 할 생각이 있었다. 그가 가장 원하는 것을 던져 준 후 오만한 자존심을 무너뜨리고, 자신을 배신한 것에 대한 단죄를 하기 위함이었다.

그러나 소리산이 달리 마도제일뇌가 아니다.

그는 담대광의 속내를 단숨에 읽고, 마지막 남은 자신의 존엄을 지켰다.

그건 좀 짜증 나는 일이다.

화르륵!

문득 담대광의 주변을 떠다니고 있던 성광 중 하나가 소리산에게 날아갔다. 그의 몸을 통타하더니, 시퍼런 불꽃으로 화했다.

"악!"

진리가 놀라서 소리 질렀다.

소리산이 시퍼런 불꽃에 휩싸여 타오르고 있었다. 아무리 속내를 숨기고 있던 처지라 하나 당황하지 않을 수 없다. 꼼짝없이 소리산이 불에 타 죽게 생겼기 때문이다.

아니다.

곧 그녀는 냉정을 되찾았다.

'저건…… 일반적인 불꽃이 아니다! 태상마군님한테는 아직 기회가 남아 있어!'

정확한 판단이다.

소리산의 몸에 달라붙은 성광의 불꽃은 마화!

일반적으로 생각하는 불꽃과는 다르다. 소리산의 몸 전체를 휘감았지만 그를 태우진 않았다. 그저 조용히 빛을 발하고 있을 뿐이었다.

담대광이 말했다.

"늙은이, 더 살고 싶은 생각이 없다고 했나?"

"이 불꽃, 내 생명을 태우고 있구만……."

"잘 아는군. 어차피 얼마 남지 않은 수명이 더 빨리 단축되기 시작한 거야."

"……합당하군."

"합당?"

"내 담 교주한테 패배했으니 이 정도 단죄는 당연하단 말일세."

"끝까지 그렇게 나오시겠다?"

"……."

소리산이 입을 다물었다.

더 이상 담대광과 나눌 말이 없다는 뜻.

그러나 곧 사정이 바뀌었다.

갸웃!

담대광이 고개를 한차례 흔들더니, 입가에 만족스러운 미소를 매달았다.

"드디어 녀석이 왔구만. 늙은이가 끝까지 숨겨놨던 비장의 한 수 말야!"

"……."

"그런데 세상에 그놈에 대해서 나보다 잘 아는 사람은 없거든."

"……."

"천마! 가서 그놈 잡아와!"

담대광이 구양령에게 소리 지르자 그녀가 곧바로 반응을 보였다.

팟!

천마대전에서 그녀가 자취를 감췄다.

*   *   *

경외지문.

……라기보다는 과거 그랬던 장소에 걸음을 멈춘 소진엽을 향해 장소량이 두려움에 질린 표정으로 말했다.

"소교주님, 소인이 안내할 수 있는 곳은 여기까집니다. 더 이상은 소인의 몸이 버티질 못합니다."

"그렇겠군."

소진엽이 고개를 끄덕여 보였다.

마계.

과거 신마성궁이었던 이곳은 현재 인간이 살기에 굉장

히 부적합하게 변해 있었다.

주변을 장악한 건 깊고 깊은 어둠!

독특하게도 끈적거리는 질감이 느껴진다. 어둠 속을 헤치고 다니는 게 흡사 늪 속을 걷는 것 같았다. 그냥 움직이는 것만으로 체력이 쭉쭉 빨려나갔다.

뿐만 아니다.

인간 고유의 진원지기 역시 빠르게 소모되고 있었다. 고강한 무공을 익힌 무인이라 해도 결코 오랫동안 버틸 수 없는 환경이라 할 수 있겠다.

당연히 장소량은 신마성궁에 발을 내디딘 순간부터 안색이 검게 죽어가고 있었다. 소진엽을 안내해 천마대전으로부터 얼마 떨어지지 않은 경외지문까지 오는 동안 진원지기를 절반 이상 잃어버렸다. 무공의 손상은 둘째치고, 생명력이 소모되어 머리가 온통 하얗게 세고 말았다.

'나는 태극무한신공 덕분에 괜찮지만, 장 모사는 가뜩이나 노안인데 삽시간에 십 년은 더 늙어버렸군.'

문득 반교연에게 미안한 마음이 든다.

마계로 변한 신마성궁!

장소량의 안내가 없었다면 입구에서부터 꽤나 많은 정력과 시간을 소모했을 터였다. 제아무리 태극무한신공의 공효가 크다 하나 인간계에 존재해선 안 되는 혼돈지문을 통해 강림한 마계는 만만치 않았다. 혼돈지문의 당사자인

담대광이 있는 천마대전으로 다가갈수록 태극무한신공의
영역이 축소되고 있었다.

거기까지 염두를 굴린 소진엽이 말했다.

"장 모사, 내가 그동안 잊고 있던 말이 갑자기 떠오르는
군."

"무슨 말씀이신지?"

"그동안 고마웠소."

"소교주님……."

장소량이 감동한 표정으로 눈을 촉촉하게 적셨다. 문득
소진엽이 자신에게 마지막 유언을 하고 있다는 생각이 들
었기 때문이다.

픽!

"……으헉!"

감동의 순간은 짧았다.

갑자기 소진엽에게 복부를 강타 당한 장소량이 비명과
함께 바닥에 얼굴을 처박았다. 단 일격에 거진 정신줄을
놓아 버렸다.

게다가 그건 시작에 불과할 뿐.

콰득!

소진엽의 수장이 벼락같이 장소량의 몸을 땅속에 파묻
었다.

신수!

태극무한신공의 절초가 장소량의 몸을 에워쌌다. 호신강기처럼 그의 쇠약해진 몸을 보호했다. 마계의 기운이 더 이상 그의 원정지기를 빼앗아 가지 못하도록 말이다.

"장 모사, 아쉽지만 여기서 작별이야! 무사히 재회할 수 있기를 기대해 보자구!"

"……."

"내가 죽으면 어쩌냐구? 흐음!"

"……."

깔끔하게 땅속에 파묻힌 장소량을 대신해 자문자답하던 소진엽이 갑자기 고심어린 표정이 되었다.

장소량에게 발휘한 실수!

태극무한신공의 공효는 능히 그를 마계의 어둠으로부터 보호해줄 터였다. 숙주라 할 수 있는 소진엽이 죽기 전까진 분명 그러했다.

당연히 소진엽이 죽는다면 사정이 달라진다.

생매장!

딱 그렇게 될 터였다.

장소량은 땅의 정령인 천마강시와 같은 마물이 아니니까.

까닥!

소진엽이 여기까지 생각하고 고개를 살짝 뉘어 보였다. 그런 최악의 상황까진 고려하고 싶지 않았기 때문이다.

팟!

그리고 바로 그때 날카로운 기경이 소진엽의 귀밑머리를 스쳐 갔다.

찰나의 순간!

촌분의 간격!

그 사이를 기가 막힐 정도로 절묘하게 기경은 지나쳐갔다. 마치 처음부터 그렇게 될 걸 약속한 것 같이.

물론 그것만으로 끝일 리 없다.

파앗!

다시 기경이 소진엽을 노렸다.

이번에는 머리 위다.

고개를 옆으로 기울인 소진엽의 목을 일직선으로 노렸다. 사선을 그리며 목에서 왼쪽 갈비뼈 사이를 일도양단하려 했다.

저벅!

그러자 이번엔 소진엽이 옆으로 걸음을 옮겼다.

단 한 걸음!

그것만으로 충분했다. 하늘에서 사선으로 떨어져 내린 기경을 피해내기에는.

게다가 이번엔 소진엽 역시 그냥 있진 않았다.

신수!

장소량을 땅속에 파묻은 태극무한신공의 절초가 폭발했

다. 마계의 어둠 속에 숨어서 소진엽을 공격하는 미지의 적에게 강력한 응징을 가한 것이다.

'손끝에 걸리는 느낌이 없다?'

소진엽이 눈살을 찌푸렸다.

마음먹고 펼친 신수의 천라지망이 뚫렸음을 눈치챈 것이다.

하나 이런 경험은 처음이 아니다.

태극무검선제와의 삼초 비무!

온 밤을 꼴딱 새운 공전절후할 대결은 소진엽을 새로운 무학의 영역으로 인도했다. 전대 천하제일인의 압도적인 삼초를 견뎌내는 동안 사부 담대광에게 전수받은 신마절기와 태극쌍극진기를 융합하는 데 성공했기 때문이다.

— 초신마기(超神魔技)!

그게 소진엽이 내심 명명한 자신의 무공 명칭이었다.

사부 담대광의 혼돈지문을 깨부술 비장의 무기였다. 오랜 '동화'로 인해 자신을 속속들이 알고 있는 그에게 저항할 수 있는 최후의 보루였다.

그래서 소진엽은 도마 사마무군등을 상대할 때처럼 초신마기를 사용하지 않았다.

숨겼다.

파팍!

자오원앙각이 허공을 수놓는다.

허공에 수없이 많은 각영을 형성해냈다.

그리고 일보삼장세!

마계의 어둠 속을 소진엽의 신형이 가로지른다. 어떠한 흔적도 남기지 않고 어둠과 동화된 채로 말이다.

동조!

역시 태극무한신공의 공효 덕분이다.

놀랍게도 그는 순식간에 마계, 그 자체와 하나가 되었다. 어둠 속에 자신을 파묻은 채 끈적한 호흡을 토해냈다. 그를 공격해온 자와 동등한 위치가 된 것이다.

심의.

그러니 이젠 상대에 대한 확인이다. 태극무한신공을 심맥으로 몰아넣은 소진엽이 마음속의 눈을 떴다. 마음 그 자체로 세상을 바라보기 시작했다.

'저기다!'

소진엽이 이동했다.

여전히 동조를 건 상태로 심의에 의존해 나아갔다. 자신에게 연속적으로 살수를 펼친 암중인을 노리며 다시 신수를 펼쳐냈다.

퍼퍽!

'성공했다!'

소진엽이 손바닥 전체로 느껴지는 서늘한 기운에 내심 환호했다. 기어이 마계의 어둠 속에 숨어 있던 암중인을 잡아내는 데 성공했기 때문이다.

당연히 그것만으로 끝일 리 없다.

번쩍!

그의 손끝이 태극혜검의 변화를 일으키며 단천뢰심강을 발출해냈다.

암흑을 밝히는 천공의 벼락!

마계의 일각이 일순 환해졌다. 단천뢰심강의 뇌격이 암중인의 가슴에 직격을 가한 순간의 일이다.

"아!"

그리고 처음으로 드러난 암중인의 진면목!

구양령.

신수에 얻어맞고, 단천뢰심강에 상반신을 꿰뚫린 그녀의 옥용은 창백하게 죽어가고 있었다. 비로소 심의를 거두고 눈을 뜬 소진엽의 바로 코앞에서 마지막 숨결이 싸늘하게 식어갔다.

"구, 구양……."

"…….."

구양령이 소진엽을 향해 손을 뻗었다. 이런 상황에서도 공격하려는 것인가.

그러나 이미 모든 힘을 잃어버렸다.

완전히 끝났다.

툭!

결국 구양령의 가느다란 손가락 끝이 소진엽의 몸을 건드리는 게 전부였다. 그 작은 떨림만을 전달한 채 그녀의 몸이 무너져 내렸다.

와락!

"……소저! 구양 소저! 구양 소저!"

소진엽이 얼른 구양령을 품에 안고 오열했다. 그녀의 차갑고 아름다운 옥용에 얼굴을 문대며 울부짖었다. 자신의 가슴을 주먹으로 치며 통곡했다.

— 사랑하는 사람! 지켜주고 싶었던 사람! 모든 것을 포기해서라도 함께하고 싶었던 사람!

구양령.

그녀를 자신의 손으로 죽였다.

눈을 감고, 귀를 막고, 마음에만 의지한 채 죽여버렸다. 결코 돌아오지 못할 곳으로 보내버린 것이다.

"사부우우우!"

울부짖음의 끝은 분노다.

자신에게 이런 참혹한 짓을 자행한 자에 대한 참을 수 없는 살의였다.

슥!

일순 소진엽의 신형이 마계의 어둠 속으로 사라졌다.

* * *

까닥!

담대광이 신마좌에 앉은 채 고개를 갸웃해 보였다. 입가
에는 묘한 미소가 스쳐 간다.

'진엽이 녀석, 제법이 아닌가? 설마 천마대조의 화
신체를 내가 강림시킨 마계 안에서 해치울 줄은 몰랐거
늘……'

의외다.

놀랄만한 일이 벌어졌다.

담대광에게 완전히 종속된 구양령은 천마대조의 그릇을
뛰어넘는 기량을 지니고 있었다. 아예 천마대조 자체나 다
름없었다.

게다가 이곳은 마계!

마계의 어둠 속에서 천마대조는 더욱 막강했다. 마에 속
한 속성이 극성까지 발현되어 감히 천하무적이라 할 만했
다. 혼돈지문의 주인인 담대광 자신과 비교해도 결코 뒤떨
어지지 않을 터였다.

한데 그런 천마대조의 기운이 방금 전 소멸했다. 마계의

어둠 속으로 그의 잔존사념이 하나도 남김없이 흩어져 버렸다.

'……역시 이건 그분이 끼어들었다고 생각해야 할 테지? 그 외엔 달리 생각할 사람이 없으니까.'

문득 떠오른 고약한 얼굴 하나.

담대광의 준미한 얼굴 한켠이 살짝 일그러졌다. 평생에 걸쳐 그에게 그림자를 드리웠던 부친 태극무검선제의 거대한 그림자를 떠올렸기 때문이다.

그렇다면 생각나는 사람이 하나 더 있다.

'소리산! 저 망할 늙은이가 필경 아버님과 일을 꾸민 게 틀림없으렷다!'

부아가 치민다.

평생에 걸쳐 앙숙으로 지내왔던 두 사람이다. 결코 함께 해선 안 되는 두 사람이었다. 설사 그것이 세상의 종말이라 해도 그래야만 했다.

"흥! 늙은이들이 겁을 집어먹은 게로군. 나 담대광에게 겁을 집어먹고 같잖은 야합(野合)을 벌인 거야."

"야합이라……."

"아니라 하고 싶은 건가?"

"……."

소리산이 갑자기 격해진 담대광의 태도에 묘한 표정이 되었다. 뭔가 사정이 변했다는 걸 눈치챈 것이다.

그것도 잠시뿐.

곧 소리산이 암담한 표정이 되었다.

퍽! 퍼퍽!

일순 담대광이 손가락을 다시 퉁겼고, 그의 표정을 살피고 있던 소리산의 가슴에 두 개의 구멍이 났다. 이미 성광의 화염에 얼마 남지 않은 생명력의 대부분을 빼앗긴 소리산의 명이 다하는 순간이었다.

화르르륵!

성광의 화염이 잠시 환해졌다가 곧 잠잠해졌다. 소리산의 회광반조까지 모조리 삼켜버린 거다.

"아!"

진리가 나직이 신음을 터뜨렸다.

— **마도제일뇌 태상마군 소리산!**

수대에 걸쳐 마도 무림의 정점에 군림하던 거산!

그러나 진리에겐 다른 의미로 각별했다.

평생 처음으로 가진 진짜 사부. 진짜 세상을 그녀에게 알려준 스승. 어둡고 어두워 자꾸만 주저하게 되는 길을 먼저 나아간 선각자.

그렇게 각인되어 있었다.

그렇게 마음속에 자리 잡고 있었다.

"사부…… 크흑!"

진리의 맑은 두 볼로 두 줄기 눈물이 방울방울 떨어져 내렸다. 소리산의 어처구니없는 죽음과 자신의 무력함이 견딜 수 없을 만큼 고통스러웠다.

아니다.

그런 일은 일어나지 않았다.

갑자기 시간이 거꾸로 흐르기 시작했다.

진리의 눈에서 떨어져 내렸던 눈물방울이 역류했다. 그녀의 울부짖음 역시 없던 것이 되었다.

소리산 역시 마찬가지다.

그의 몸을 감싸고 있던 성광의 불꽃이 다시 피어올랐다. 가슴속에서 터져 나왔던 핏방울들 역시 사라졌다. 순식간에 모든 것이 돌이켜졌다.

그럼 담대광은?

그는 어느새 신마좌에서 일어서 있었다.

모든 것이 정지해 있는 세계!

자신이 강림시킨 마계 속으로 또 다른 세계가 침범했다. 시간과 공간의 법칙을 뒤흔들며 혼돈 속에 다른 혼돈을 만들어 냈다.

그것은 파탄!

역행하는 시간의 흐름 속에서 홀로 떨어져 나온 담대광의 두 눈에 담긴 홍채가 일순 크게 확장되었다. 시간을 역

행시킨 격노의 기운이 노도와 같은 기세로 이미 지척까지
도달했음을 눈치챈 것이다.

— 천마충천, 사방마계!

'동화'에 대한 강요다.

너무나 익숙한 부르짖음이었다.

하지만 이미 담대광은 과거의 그가 아니었다. 제자 소진
엽과의 '동화' 역시 끊어진 지 오래인 터.

저벅! 저벅!

담대광이 소진엽의 부름을 무시한 채 역행하는 시간 속
을 천천히 걸었다.

방어?

혼돈지문을 열기 전조차 고려해 본 적이 없다.

선수필승!

누가 뭐라 해도 그렇게 결정했다.

번쩍!

순간 담대광의 주변을 떠돌던 성광들이 폭발하듯 사방
으로 확산되었다.

천지사방!

시간이 역행하고 있는 마계의 모든 곳을 포함한 공격의
시작이다. 시간의 흐름, 그 자체조차 모조리 박살낼 작정

을 했다.

번쩍!

그 순간 멈춘 시간!

역행하던 시간이 제자리를 찾는다 싶더니, 성광의 폭발이 정지했다.

역행과 순행!

그 중간에서 찰나나마 정지의 순간이 왔다. 마치 천지개벽의 첫 때와 다름없는 상황이 된 것이다.

담대광의 입가에 흐릿한 미소가 번져 나왔다.

"진엽!"

소진엽의 눈은 불타오르고 있었다.

"사부!"

"날 아직도 그렇게 부르는 것이냐?"

"물론이오!"

"그럼 사부한테 개긴 죄를 물어 네놈한테 자결을 명하마!"

"싫소!"

"그래? 그럼 내 손에 죽어라!"

담대광의 전신에서 잠시 멈춰 있던 성광들이 춤추듯 현란한 움직였다. 또다시 폭발하기 직전의 상태로 돌입한 것이다.

그러나 여전히 눈을 감고 있는 소진엽!

심의!

아직 풀지 않았다.

흡사 죽기를 각오한 자나 다름없어 보인다. 분명 그렇게 자신을 그대로 드러냈다. 완전한 무방비 상태로 담대광에 맞섰다.

"끝까지 내게 '동화'를 걸다니! 이런 미련한 녀석 같으니라고……."

담대광이 비웃음을 던졌다. 동조 상태의 소진엽이 심의에 빠져 있는 걸 자신에 대한 '동화'로 착각했다.

그래서 거침이 없었다.

🐟 성광 폭발!

멈췄던 시간이 순행의 흐름을 회복한 순간 그의 몸 주변에 떠다니던 성광들이 한꺼번에 소진엽에게 달려들었다. 수천, 수만 개의 빛줄기로 변해 그를 벌집으로 만들려 했다. 영혼, 그 자체까지 소멸시키려 했다.

"명멸(明滅)!"

그때 소진엽이 내뱉은 일갈!

그에게 날아들던 성광의 불꽃들을 순식간에 흔적도 없이 소멸시킨다. 담대광이 강림시킨 혼돈지문 그 자체나 다름없던 성광을 모조리 없애버린 것이다.

팟!

그리고 담대광에게 파고든 소진엽!

— 초신마기!

일보삼장세에 이은 일보파산경이 담대광의 몸에 틀어박
혔다
물론 겉으로 보이는 형(形)만 그러했다.
신마대제 담대광과 태극무검선제의 심득이 융합된 초신
마기의 위력은 상상 그 이상이었다. 혼돈지문인 성광의 불
꽃을 잃어버린 담대광이 막아내기엔 역부족일 정도로 말이
다.
쾅!
끔찍한 굉음과 함께 담대광의 육신이 날아갔다.
슥!
그때였다.
소진엽과 담대광만이 존재하는 듯하던 마계의 어둠 속
을 뚫고 멸천마후 천기신혜가 모습을 드러냈다.
휘익!
그리고 담대광을 낚아챈 그녀가 뒤도 돌아보지 않고 신
형을 날려갔다. 마치 자신의 목표를 완벽하게 달성했다는
듯이 말이다.

*　　　*　　　*

대곤륜.

신들의 대지를 누런 황진으로 물들이며 움직이던 황천의 삼십만 정병이 갑자기 움직임을 멈췄다.

혼란이 없을 리 만무하다.

십여 리에 걸쳐서 늘어서서 움직이던 대병의 대열이 단숨에 흐트러졌다. 어떻게 봐도 일사불란함과는 거리가 멀어 보이는 모양새다.

그런 황천군을 향해 천상에서 터져 나온 듯한 일갈이 울려 퍼졌다.

"나 천마신교 교주 절대신마제(絕對神魔帝) 소진엽이 천지에 고하노니, 잡졸들은 썩 물러갈지어다!"

"이히히히힝!"

"히힝! 히히히히힝!"

황천군 전체가 대혼란에 빠져서 난장판으로 변했다. 소진엽이 내뱉은 일갈에 담긴 위세가 인마(人馬) 모두의 혼을 빼놓았다.

하늘에서 뇌성벽력이 천 개쯤 떨어져 내린 듯하다.

그렇게 황천군 전체의 영육을 온통 뒤흔들었다. 그들의 사기를 한꺼번에 곤두박질하게 만들었다.

그때를 기해 사방에서 일어난 수천의 마영들!

— 비마 뇌음신!

— 도마 사마무군!

— 마검혈풍영 철무정!

— 뇌운의 철사자 진여상!

그들을 따르는 수천의 천마신교 정예들이 사기가 완전히 떨어진 황천군의 타격에 나섰다. 그들의 외곽을 연신 타격해서 대번에 대혼란을 야기시켰다.

"퇴각! 퇴각!"

결국 황천군의 중군이 물러났고, 그 뒤를 난장판으로 변한 패잔병들이 따랐다. 병장기나 물자까지 내동댕이치고 두려움에 벌벌 떨면서 달아났다.

점차 멀어져가는 황천군!

그들을 물끄러미 바라보던 소진엽이 어느새 자신의 곁에 모습을 드러낸 태극무검선제를 바라보며 말했다.

"저들이 정말 황천의 정예인 겁니까?"

"뭐, 그렇지."

"제국의 미래도 암울하군요."

"역사란 게 본래 그렇지 않던가. 달도 차면 기울 듯이 황천은 또 다른 황천이 오기 전의 역사일 뿐인 게지."

"다시 황제를 폐위시키고 싶진 않으신가 봅니다?"

"그런 짓 해봤자 소용없다는 건 이미 증명되었으니까."

"그렇군요."

소진엽이 천천히 고개를 끄덕이고 신형을 돌려세웠다. 문득 오래전 떠나온 고향이 궁금해졌기 때문이다.

태극무검선제가 곰방대를 입에 문 채 말했다.

"이봐, 마교주! 절대신마제란 그럴듯한 별호도 직접 만들었으니 고향으로 금의환향이라도 하려느냐?"

"아버님 묘소를 찾아가 볼까 합니다."

"천하제일무인이 되었음을 고하려고?"

"천지에 이미 고했으니 그건 됐습니다."

"하면?"

"아버님 좋아하시던 술 한 병 사서 그분과 한잔할 생각입니다."

"그거 괜찮은 생각이로세!"

"진 노사님!"

"응?"

"사부님…… 괜찮으시겠지요?"

"근석 걱정은 말거라. 지 놈이 평생 좋아했던 계집에다 어린 영계까지 한 명을 더해 백년해로하게 되었으니까."

"그건……."

"네놈 생각대로다. 소리산 그 늙은 여우가 거짓말을 한 게야. 내가 그렇게 정이 헤픈 사람이 아니거든."

"……다행이군요."

소진엽이 부드럽게 웃어 보이고 멀찍이 떨어진 곳에서 손을 흔들고 있는 두 여인에게 걸어갔다. 평생 사랑해온 여인과 여동생처럼 여기다 사랑을 확인한 여인 모두를 데리고 고향에 찾아갈 작정을 한 것이다.

"쯔쯧, 사제가 그런 것까지 닮을 필요는 없을 것을……."

태극무검선제가 나직이 혀를 차보이곤 곰방대를 입에서 떼어냈다.

오랜만에 올려다본 하늘!

곤륜을 닮아 오래된 신들의 영혼을 닮았다.

"……천선이란 거, 슬슬 해 볼 때가 된 것일지도?"

자신만이 아는 한마디와 함께 태극무검선제 진자운이 갑자기 자취를 감췄다. 마치 처음부터 아예 존재조차 하지 않았던 것처럼 감쪽같이 사라진 것이다.

〈완결〉